D1665221

Willy Breinholst

Hallo, hier bin ich!

Aus dem Englischen
von Catrin Lucht

Mit Illustrationen von Mogens Remo

BASTEI LÜBBE TASCHENBUCH
Band 12269

1. Auflage: Januar 1995
2. Auflage: April 1995
3. Auflage: September 1999
4. Auflage: April 2002
5. Auflage: Februar 2005

Vollständige Taschenbuchausgabe

Bastei Lübbe Taschenbücher in
der Verlagsgruppe Lübbe

Deutsche Erstveröffentlichung
© 1994 by Willy Breinholst
© für die deutschsprachige Ausgabe by
Verlagsgruppe Lübbe GmbH & Co. KG, Bergisch Gladbach
Titel- und Innenillustrationen: Mogens Remo
Satz: Bosbach & Siebel, Lindlar
Druck und Verarbeitung: Ebner & Spiegel, Ulm
Printed in Germany
ISBN 3-404-12269-0

Sie finden uns im Internet unter
www.luebbe.de

Der Preis dieses Bandes versteht sich einschließlich
der gesetzlichen Mehrwertsteuer.

ICH UND
MEINE FAMILIE

Ich bin im zweiten Schuljahr. – Klasse 2B. Wir brauchen vor dem nächsten Jahr noch keine Aufsätze zu schreiben. Zuerst müssen wir vernünftig schreiben und rechnen lernen. Aber manchmal haben wir etwas, das unsere Lehrerin, Fräulein Blumenberg, *Formulieren* nennt. Es ist eine Stunde in der Woche, in der wir lernen sollen, uns ordentlich auszudrücken.

Gestern hatten wir Formulieren, und Fräulein Blumenberg saß auf einem der Tische, während wir uns abwechselnd vorne auf ihr Pult setzten. Wir hatten jeder zwei Minuten Zeit, von unseren Familien, unseren Haustieren und von der Schule zu erzählen.

Als ich an der Reihe war, formulierte ich mich so:

Mein Name ist Jakob, und ich bin in der 2B. Ich habe eine große Schwester, die zwölf Jahre alt ist. Ihr Name ist Anja, und sie geht in die siebte Klasse. Sie ist manchmal doof, hochnäsig und frech. Aber nicht immer. Ich habe auch einen kleinen Bruder, der heißt Michael. Er ist gerade in die Schule gekommen. Er kann manchmal ein bißchen doof und lästig sein. Nicht immer.

Mein Hobbys sind Fußball, Computerspiele, Lakritzessen, mit den anderen Kindern in unserer Straße spielen und Rudolfs Skateboard ausleihen, wenn meine Mama das nicht sehen kann.

»Was hältst du davon, wenn ich nur die putze,
die man sieht, wenn ich lache?«

Eins unserer Haustiere ist unser großer Hund, Bobby. Mein Papa hat ihn so erzogen, daß Bobby macht, was mein Papa will, wenn er ihm einen Befehl zum dritten Mal gegeben hat, und das mit einer sehr energischen Stimme. Dann habe ich noch eine Schildkröte, die ist der langsamste Renner auf der ganzen Welt. Und zwei weiße Mäuse. Aber die sind von zu Hause weggelaufen. Manchmal halte ich ein paar Regenwürmer in einer Box, aber das sind keine richtigen Haustiere. Einmal hatte ich einen blauen Wellensittich, der hieß Kiki. Aber der ist in einer Zigarettenschachtel hinten im Hof begraben und ist jetzt im Wellensittich-Himmel.

In meiner Schule sind sechshundert Schüler. Manchmal wünschte ich, es wären nur fünfhundert-neunundneunzig. Ende.

NOAHS ARCHE

Wir haben alle Fernsehen geguckt, als sie Bilder gezeigt haben von der großen Überschwemmung drüben in Amerika, die durch den großen Fluß, den Mississippi, verursacht wurde, als es zuviel geregnet hatte. Der Reporter sagte, daß die Katastrophe praktisch direkt hinter der berühmten biblischen Sintflut stehen würde! Später hat Michael über die Sintflut nachgedacht.

»Bevor die Sintflut kam«, sagte er, »gab es da niemanden, der die Leute im Fernsehen hätte warnen können, daß sie kommt? Oder gab es keine Polizei, die herumgefahren ist und die Leute aufgefordert hat, herauszukommen?«

Papa mußte eine Menge darüber erklären, wie die Dinge zu der Zeit waren, als die Sintflut kam. Er sprach über Noah und wie er die Arche gebaut hat, so daß ein Pärchen von fast allen Tierarten dort Platz hatte. »Und wenn es für einige keinen Platz gab, so ertranken diese Tiere in der Sintflut«, erklärte Papa.

Das gab Michael eine Menge zu denken. »Die Fische«, sagte er. »Wie sind die ertrunken, Papa?«

Das gab Papa eine Menge zu denken. Aber nach einer Weile sagte er: »Ich weiß nicht genau, was mit den Fischen passiert ist, aber stell dir vor, Noah hat alle Fische der Welt mit auf Deck seiner Arche genommen und hat sie wegen Sauerstoffmangel sterben lassen ... fast alle ... dann hat er zwei von jeder Sorte wieder ins Wasser geschmissen, bevor ihnen wirklich was passieren konnte.«

Michael hat das alles sehr gut verstanden. »Aber Papa«, sagte er, »als Noah mit den Fischen fertig war, da mußten doch Millionen von Fischen auf Deck gewesen sein. Hatten die denn damals keine Fangquoten?«

»Ich versuche gerade einen Kaugummi rauszufischen,
den ich kaum gekaut habe!«

HUNGER
UND DURST

Gestern, als Michael aus der Schule kam, ging er an seiner Lunchbox, die auf dem Küchentisch lag, vorbei direkt zum Kühlschrank.

»Da ist dein Mittagessen«, sagte meine Mama, »ich habe dir heute morgen gesagt, du sollst es in deine Schultasche packen. Du müßtest doch vor Hunger sterben?«

Michael öffnete den Kühlschrank und holte eine Flasche Coca Cola und eine Flasche Seven-up heraus. »So läuft das nicht, Mama«, sagte er, während er beide Flaschen öffnete. »Bevor du in der Wüste oder an ähnlichen Orten vor Hunger stirbst, stirbst du langsam, aber sicher an unerträglichem Durst!« Dann schüttete er sich die Cola hinein und sagte: »Aber ich denke, ich habe mich noch gerade rechtzeitig gerettet!«

ANJA, DER AUTOGRAMM-SAMMLER

Anja ist eine kleine Hexe. Genau wie ihre Freundinnen. Sie haben alle angefangen, Autogramme zu sammeln. Nicht die Autogramme von irgend jemandem, sondern die von Popstars, Filmstars und solchen Leuten. Sie schreiben diesen Leuten, wie sehr sie sie bewundern, und erzählen ihnen, wie sehr sie sie lieben und wie unendlich glücklich sie wären, wenn sie Autogramme geschickt kriegen würden, am liebsten auf großen Fotos. Und dann tun sie eine kleine Locke von ihrem Haar, die sie mit einem roten Seidenfaden zusammengebunden haben, in den Umschlag. Richtige Hexen!

Sogar meine Mama findet, daß das zu weit geht. »Hör mit dem Quatsch auf«, sagte sie, »wenn du weiterhin Locken von deinem Haar an alle möglichen Musiker und Popstars schickst, dann wirst du bald keine Haare mehr auf dem Kopf haben!«

Aber Anja war überhaupt nicht beunruhigt. »Keine Haare mehr?« sagte sie, »nicht ich, Mami! Aber Bobby – könnte eines Tages völlig kahl sein.«

»Ich habe mein Fahrrad gegen diesen wirklich riesigen Go-Kart eingetauscht!«

FLINTSTONES ZENTAUR

Michael und ich haben einen richtig lustigen und spannenden Zeichentrickfilm im Fernsehen gesehen. Es war über die alten Tage, mit Flintstone und Barney, die geträumt haben, daß sie in einem Land leben würden, das Griechische Mythologie heißt. Zumindest glaube ich, daß es so hieß. Auf jeden Fall haben sie etwas gefangen, was sie Zentaur nannten, und sie haben versucht, es zu zähmen, zu satteln und darauf zu reiten. Michael hat Anja später erzählt, wie er gelacht hat, als Flintstone versucht hat, einen Sattel auf den Zentaur zu tun.

»Was ist ein Zentaur?« fragte Anja.

»Weißt du das nicht?« erwiderte Michael. »Das ist ein Mann, der anstelle einer Hose ein Pferd benutzt!«

EINE BLUTIGE NASE
UND EIN KAMPF

Michael kam in die Küche gestürmt, um seine Mama zu finden. Er weinte ein bißchen, und Blut von seiner Nase war über das ganze T-Shirt geschmiert.

»Was ist denn bloß mit dir passiert?« fragte Mama. »Komm her und laß mich etwas von diesem Blut abwischen.«

»Eins der Kinder von der anderen Straße hat mich geschlagen.«

Mama hörte auf, das Blut vom Gesicht abzuwischen.

»War das ein großer Junge?« fragte sie. Michael nickte. Er war auf jeden Fall größer als er, und da wurde Mama wütend.

»Was für ein schreckliches Kind!« sagte sie. »Man soll niemals jemanden schlagen, der kleiner ist als man selbst. Würdest du ihn wiedererkennen, wenn du ihn treffen würdest?«

Michael nickte eifrig. »Klar! Sicher würde ich den wiedererkennen, Mama! Ich habe doch seine Vorderzähne in der Tasche!«

»Wenn ich dich nach einem Keks frage, dann gibst du mir genau einen.
Aber wenn ich Oma um einen Keks bitte, dann gibt sie mir immer
für jede Hand einen!«

»Hey, du, willst du vielleicht einen frischen, köstlichen Keks?«

 # EIN ABSTRAKTES NOMEN

In Englisch hat Fräulein Blumenberg heute versucht, den Unterschied zwischen »abstrakt« und »konkret« zu erklären, weil das in einem Buch vorkam, das Lilian gelesen hat.

»Ein konkretes Ding«, sagte sie, »ist etwas, das man anfassen kann. Etwas Abstraktes kann man nicht anfassen. Könnt ihr mir ein Beispiel für ein abstraktes Hauptwort sagen?«

Lilian konnte es nicht.

»Komm schon, streng dich ein bißchen an«, sagte Fräulein Blumenberg.

Also hat Lilian einfach etwas geraten.

»Großmutter?« sagte sie.

»Was für ein Quatsch, du kannst doch deine Großmutter anfassen.«

»Nein, kann ich nicht, sie ist tot!«

»Okay, aber du konntest es, als sie noch lebendig war, stimmt's?«

»Nein, weil ich da noch nicht auf der Welt war!«

EINE FLASCHENPOST
AUS LATVIA

Wenn wir in unserem Sommerhaus sind, draußen auf dem Land, spielen Michael und ich jeden Tag am Strand. Wir fangen Quallen, lassen Steine hüpfen und haben einfach Spaß. Die Ostsee ist so groß, daß man wirklich nicht weit hinaussegeln sollte, auf keinen Fall allein und ohne Schwimmweste. Manchmal werden interessante Dinge an den Strand gespült. Eines Tages fand Michael am Strand eine Flasche, die sah wirklich interessant aus, denn da war etwas drin.

Michael gab sie mir, und ich zog den Korken heraus und dann fischte ich einen Brief aus der Flasche. Wir versuchten, ihn zu lesen, aber irgendwie kannte ich kein einziges Wort. Also rannten wir nach Hause und baten Mama, ihn zu lesen.

Er war in einer anderen Sprache, und sie verstand auch nur ein bißchen. Aber sie war sich bezüglich der Adresse sicher. Er war von einem zehnjährigen Jungen aus Latvia.

»Ihr könnt ihm schreiben und ihm erzählen, daß ihr seine Flaschenpost gefunden habt«, sagte Mama. »Ich bin sicher, er wird sich freuen, von zwei Kindern aus einem anderen Land zu hören.«

Also fingen wir an, einen schönen Brief zu schreiben, und wir schrieben unsere Adresse darauf und unterschrieben mit unseren Namen. Auf diese Weise

»Wir hatten alle eine riesige Schlammschlacht, und ich bin derjenige,
der am wenigsten schmutzig geworden ist!«

»Du und Papa, ihr braucht euch nicht länger Gedanken
über meine schiefen Vorderzähne zu machen.
Rudolf hat sie mir gerade ausgeschlagen!«

konnte er uns zurückschreiben, wenn er unseren Brief erhalten hatte.

Nachmittags kam Mama und fragte uns, wie es mit dem Brief aussieht.

»Klasse«, sagte Michael, »wir sind schon ein paar Stunden damit fertig und haben ihn schon abgeschickt – und die Flasche trieb so weit hinaus, daß wir sie mit unserem Fernrohr nicht mehr sehen konnten. Was glaubst du, wann sie in Latvia ankommen wird?«

DIE STÖRCHE AUS ÄGYPTEN

Michael und ich haben gerade einen Film im Fernsehen gesehen. Er handelte hauptsächlich von Zugvögeln. Zugvögel sind Vögel, die nicht länger irgendwo bleiben wollen, als sie möchten, und deshalb fliegen sie irgendwoandershin, bis sie da auch nicht länger bleiben wollen. Und dann fliegen sie wieder zurück!

Sie fliegen, getrieben von etwas, was der Fernsehmann Instinkt genannt hat. Das ist etwas Unsichtbares, was sie in ihren Köpfen haben. Etwas, womit sie schon geboren wurden.

Als der Film zu Ende war, erzählten wir unserer Mama davon.

»Hat der Film denn auch etwas über Störche erzählt?« fragte Mama.

»Ja, aber nicht viel. Der Mann sagte, daß ein Storch zwei Monate braucht, um unten von Ägypten nach Dänemark zu fliegen, was der nördlichste Punkt ist, zu dem ein Storch fliegt, um sein Nest zu bauen. Aber heute ist es einfacher für Störche, nach Dänemark zu kommen, denn die Tourismusbehörde hat schon Nester für sie gebaut.«

Michael mußte natürlich auch noch seinen Senf dazugeben, nur um zu zeigen, wie clever er ist.

»Das ist nicht ganz richtig, Jakob«, sagte er. »Es sind nur einige Störche, die zwei Monate brauchen, um von Ägypten hierher zu kommen. Aber die Störche, die die Babys bringen, könnten nicht in weniger als neun Monaten hierher fliegen!«

DER GROSSE STEFAN KANN MÄDCHEN NICHT AUSSTEHEN, ABER …

Der große Stefan, der fast elf Jahre alt ist, hat heute die Anja nach Hause gebracht. Er hat ihr die Tasche getragen und das Gartentor für sie geöffnet. Und so weiter.

»Wir haben gedacht, daß du Mädchen nicht ausstehen kannst«, sagten Michael und ich, als Anja weg war.

»Kann ich auch nicht«, sagte er und guckte uns dabei nicht an, »aber, wenn ich jemals meine Meinung ändern sollte, und damit aufhöre, sie nicht leiden zu können, dann wird Anja die erste sein, die ich ausstehen kann.«

»Ich gehe mein Zimmer aufräumen, warum fragst du ...«

»Mama! Ich habe gerade mein Zimmer aufgeräumt!«

DIE ALTE
SALZGRUBE

Manchmal unternehmen wir sonntags lange Auto-
fahrten aufs Land, um uns Dinge anzusehen: Kirchen,
Ruinen, alte Schlösser und solche Sachen. Michael
und ich mögen am liebsten die alten Schlösser, weil
gewöhnlich an einem Ende ein Café ist, wo wir
Eiscreme, Coca-Cola und heiße Schokolade mit Sahne
kriegen können.

Letzten Sonntag sind wir zu einer alten, stillgeleg-
ten Salzgrube gefahren, wo wir weit hinunter in die
Erde gehen konnten und in Tunnel, wo Spuren für
die Lastwagen waren, die das Salz aus der Grube
geholt haben. Zuerst kamen wir in einen riesigen
Raum, wo ein paar Lampen hingen, so daß wir sehen
konnten, wo wir waren.

»War dieses große Loch wirklich mit Salz gefüllt,
Papa, als die Grube noch in Betrieb war?«

»Ja, das war es. Und das ganze Salz ist gebraucht
worden!«

»O weia«, sagte Michael. »Dann muß das Essen in
den alten Zeiten aber ganz schön versalzen gewesen
sein.«

Wir versuchten in einen der langen Tunnel mit
den Lastwagenspuren zu gehen, aber es war stock-
dunkel darin.

»Warum ist es hier drin so dunkel?« fragte Michael.

Das war eine doofe Frage.

»Ich wundere mich, daß du das nicht selber beantworten kannst«, habe ich gesagt. »Es muß hier ja so dunkel sein, wenn du dich erinnerst, hier gab es vor über hundert Jahren kein Licht.«

DIE RUSSISCHE REVOLUTION

In Geschichte hat uns Herr Berner heute eine Menge über die Russische Revolution erzählt, und dann hat er uns gefragt, ob wir wissen, wie der russische Zar, Alexander II, getötet wurde, und Alfred wußte es, er weiß nämlich alles:

»Durch eine Bombe.«

»Das ist richtig«, antwortete Herr Berner. »Kannst du uns ein bißchen mehr darüber erzählen?«

»Klar ... sie explodierte!«

»Haben wir irgendwelche Hundekuchen, Mama?
Ich habe meinen Freunden welche versprochen!«

ARMER ONKEL
ALBERT

Wenn unser netter Onkel Albert zu Besuch kommt und gerade Essenszeit ist, ist es für Mama nicht einfach, für ihn etwas zu essen zu machen. Irgend etwas stimmt nicht mit seinem Herzen, oder vielleicht ist es auch sein Magen oder die Nieren, oder irgend etwas in dieser Gegend. Was auch immer es ist, es gibt nicht viel, was er essen kann. Also tut er uns richtig leid, weil der immer so nett zu uns gewesen ist.

Eines Abends, als er zum Abendessen kam, hatte er nur einen gekochten Fisch, während alle andern richtiges Essen gegessen haben.

»Darfst du keine Pommes frites, Hot Dogs und Kartoffelsalat essen, Onkel Albert?« fragte Michael, wobei er seine Lieblingsspeisen aufzählte.

»Nein,« sagte Onkel Albert, nachdem er ein Stück von seinem gekochten Fisch heruntergeschluckt hatte. »Ich darf keine geräucherten oder fetten Sachen essen. Genauso wie ich nichts mit Mayonnaise oder Öl essen darf. Und ich darf kein Bier trinken, oder Schnaps und auch keinen Whiskey. Und ich soll nicht rauchen. Das ist wirklich das Schlimmste.«

Michael hatte wirklich Mitleid mit ihm, und auch wenn wir nicht ohne Erlaubnis vom Tisch aufstehen dürfen, stand er auf und lief zu dem Platz, wo Onkel Albert saß. Er strich ihm über den Arm und sagte: »Du tust mir wirklich sehr, sehr leid, Onkel Albert!«

Onkel Albert klopfte Michael auf die Schulter und sagte: »Oh, es ist nicht so schlimm, Michael. Es gibt eine Menge andere Dinge, die ich tun kann.«

»Was zum Beispiel?«

»Also, zum Beispiel darf ich zu Weihnachten um den Weihnachtsbaum herumtanzen!«

VORSICHT VOR DEM HUND

Papa hat ein Schild gemalt, auf dem stand: Vorsicht vor dem Hund! Und ein anderes, auf dem stand: Bitte schließen Sie das Tor! Papa kann wirklich gut Schilder malen. Aber das Schild, das Leute vor dem Hund warnen sollte, war nicht für uns. Das Schild war für unsere Nachbarn, Herr und Frau Morgensen, die gerade einen süßen, kleinen Yorkshireterrier bekommen hatten.

»Aber Papa«, sagte ich, »wie kann denn ein so kleines süßes Hündchen irgend jemanden beißen?«

»Eigentlich habe ich es aus Spaß gemalt«, sagte Papa.

»Die Morgensens werden es aufhängen, damit der Briefträger nicht auf den Kleinen drauftritt!«

Später, als wir in der Küche saßen und Kakao tranken, sprachen wir über die Schilder. In meiner

»Wenn ich genug gesammelt habe, dann kann ich Arche Noah spielen!«

»Aber ich habe doch erst letzten Samstag gebadet!
Meinst du nicht, du wirst ein bißchen sauberkeitsfanatisch?«

Schule sind eine Menge Schilder, vor allem: BITTE DIE TÜR SCHLIESSEN. Und ein paar, auf denen steht: DAS ABSTELLEN VON FAHRRÄDERN IST NICHT ERLAUBT! und einige, die sagen: NICHT VERGESSEN, EIN HANDTUCH ZU BENUTZEN und DAS WASSER ABDREHEN. Und noch ein paar so ähnliche Dinge.

Dann sagte Papa, daß er eins an der Uni gesehen hat, die all die reichen Kinder in der Stadt besuchen. Auf dem Schild stand:

LIEBE STUDENTEN! BITTE PARKEN SIE IHRE AUTOS ORDENTLICH, DAMIT DIE DOZENTEN PLATZ FÜR IHRE FAHRRÄDER HABEN!

GISELAS KLEINER BRUDER

Heute, direkt am Anfang der Stunde mit Fräulein Blumenberg, hatte Gisela ihr etwas sehr Wichtiges zu sagen.

»Wissen Sie was, Fräulein Blumenberg, meine Mama ist sehr müde, weil sie letzte Nacht unseren kleinen Bruder bekommen hat, fast neun Pfund schwer. Wollen Sie nach der Schule mit zu uns nach Hause kommen und ihn anschauen?«

»Nein,« sagte Fräulein Blumenberg, »ich warte lieber, bis deine Mutter sich ein bißchen besser fühlt.«

»Aber, Fräulein Blumenberg«, erwiderte Gisela, »es gibt nichts, wovor Sie Angst haben müssen, ... er beißt nicht!«

DER SCHWIMMPARK

In den Sommerferien sind wir alle in einen großen Schwimmpark gefahren, wo es eine riesige Berg-und-Tal-Bahn und alle möglichen Sorten von Wasserrutschen gab. An dem tiefen Becken gab es ein fünf Meter hohes Sprungbrett. Und am Kinderbecken war eins, das war zwei Meter hoch.

Papa sagte, ich soll versuchen, vom Zwei-Meter-Brett zu springen, aber ich dachte, das wäre zu hoch. Aber er überzeugte mich, daß es nicht zu hoch ist, um mit einem Fußsprung reinzuspringen, statt mit dem Kopf zuerst. Also kletterte ich hinauf und ging bis ans Ende, aber ich konnte nicht springen. Ich stand einfach da.

Papa sagte: »Komm schon, spring!«

Aber ich konnte einfach nicht.

»Es gibt nichts, wovor du Angst haben mußt«, sagte mein Papa, »wenn dieses Sprungbrett ein sinkendes Schiff wäre, was würdest du dann tun?«

Ich wußte genau, was ich machen würde.

»Ich würde warten, bis das Schiff noch zwei Meter tiefer sinken würde!«

»Glaubst du wirklich, daß sich das lohnt, Mami?
Ich werde morgen wieder genauso dreckig sein!«

DIE
PINGUINE

Als ich heute aus der Schule kam, hatte ich meiner Mami etwas wirklich Ungewöhnliches zu zeigen.

»Guck mal, Mami! Das ist die Feder von einem echten Pinguin. Es fiel von dem ausgestopften Pinguin, den wir in der Schule haben, herunter. Und Herr Lind hat gesagt, wer immer die Frage richtig beantwortet, könne die Feder haben.«

»Oh, wie fein und weich sie ist«, sagte meine Mama, als sie über die Feder strich. »Und welche Frage mußtet ihr beantworten?«

»Wir wurden gefragt, ob wir wüßten, wo Pinguine leben. Und ich sagte, sie leben weit, weit weg, im Süden von Afrika.«

»Aber, Jakob, sie leben nicht in Südafrika«, sagte meine Mutter, »sie leben in der Antarktis, am Südpol.«

Ich hob die Feder wieder auf und guckte sie mir an.

»Oh, ich weiß es ... jetzt. Aber ich war am nächsten dran. Die anderen haben alle Grönland, Nordpol und Alaska gesagt!«

GUTEN TAG,
FRÄULEIN BLUMENBERG

Manchmal schleppt meine Mama mich in die Stadt, um mir neue Klamotten oder Schuhe zu kaufen. Oder, um mich einfach nur mitzunehmen. Gestern ging ich mit meiner Mama in ein großes Kaufhaus, weil sie einige Sachen für den Strand kaufen wollte. Wir wollten nämlich in unser Sommerhaus fahren.

Plötzlich liefen wir Fräulein Blumenberg über den Weg, meiner Klassenlehrerin in der Schule. Es sah so aus, als hätten sie sich eine Menge zu erzählen. Also redeten sie und redeten, und ich stand da rum und wartete, bis sie aufhörten. Als sie endlich fertig waren, ging Frau Blumenberg wieder. Meine Mama schüttelte mich am Arm, und sie sah wirklich sehr wütend aus.

»Wie kannst du nur so unhöflich sein?« sagte sie. »Du hast weder Hallo, noch auf Wiedersehen gesagt! Du hast nur dagestanden, und kein einziges Wort gesagt.«

»Aber Mama«, verteidigte ich mich selbst, »ich muß nicht immer höflich und nett sein. Die Schule ist den Sommer über geschlossen!«

»Kann ich jetzt langsam sagen, daß das Zeug
wie Hundefutter schmeckt?«

DIE SCHWERKRAFT
DER ERDE

In der siebten und achten Klasse schreiben sie manchmal ein paar richtig schwere Aufsätze, und ich glaube, sie sind wirklich gut. Anjas schlimmste Freundin, Pauline, ist wahrscheinlich die Beste im Aufsatzschreiben. Sie hat gerade etwas wirklich Kompliziertes geschrieben: »Die Schwerkraft der Erde.« Und ich habe eine Kopie davon:

»Die Schwerkraft der Erde ist die Kraft, die dazu führt, daß die Füße von vielen meiner Klassenkameraden auf der Erde stehenbleiben, wenn sie im Sportunterricht versuchen, auf den Händen zu stehen. Wenn es diese Schwerkraft nicht geben würde, dann wäre es völlig egal, auf welchem Ende wir unsere Hände oder Füße hätten. Und wir könnten genausogut auf unseren Händen herumlaufen. Aber wenn wir das machen würden, dann würden wir Schwielen an den Händen bekommen statt an den Füßen. Überleg mal, was das für jemanden wie mich, der nach der Schule Ballerina werden will, bedeuten könnte. Wenn es überhaupt keine Schwerkraft gäbe, dann könnte ich auf meinen Fingerspitzen tanzen.«

EIN HURRA
FÜR GROSSMAMA

Michael und ich und meine Großmutter haben einen spannenden, aber auch grausigen Film über das Leben in Indien gesehen. Jemand war gestorben, und deshalb haben sie für ihn ein großes Feuer an einem Fluß, der Ganges heißt, gemacht. Zuerst haben sie den Körper in dem Feuer verbrannt, und dann ließen sie das Feuer ausgehen. Als es zu Ende war, saßen wir alle für eine Weile ganz still.

Dann hat Michael zu Großmama gesagt: »Oma, wirst du auch einmal verbrannt?«

»Ich muß zuerst mal sterben«, sagte sie und wollte ganz offensichtlich lieber über etwas anderes reden.

»Sicher«, sagte Michael, er wollte die ganze Sache etwas abwiegeln. »Ich meinte irgendwann in der Zukunft. Ganz weit in der Zukunft, nach vielen, vielen Jahren!«

»Gut, wenn ich sterbe, dann möchte ich ordentlich begraben werden, drüben auf dem Friedhof, bei der Kirche.«

»Und dann wird eine weiße Taube oben auf deinem Grabstein stehen«, setzte Michael fort, »wie die auf Tante Eulalias Grabstein, drüben, auf dem Ostfriedhof. Das sieht sehr schön aus.«

»Okay«, sagte Großmama, »dann setzen wir auch so eine drauf.«

»Soll ich ein bißchen Zimt auf die Matschkuchen tun?«

Aber für Michael war das Thema noch nicht ganz erledigt.

»Und, weißt du was, Oma«, sagte er. »Ich weiß auch schon, was auf deinem Grabstein stehen wird, wenn ich das entscheiden darf. Es wird LANGE LEBE UNSERE OMA draufstehen!«

DOOF, DOOFER,
AM DOOFSTEN

Während wir in der Küche saßen und Kakao tranken und Plätzchen aßen, dachte ich zufällig an einen unserer Lehrer in der Schule.

»Weißt du was, Mami«, sagte ich, »du kennst doch Herrn Schubert von unserer Schule? Er ist der doofste von allen Lehrern. Die älteren Jungen aus der neunten und zehnten Klasse erzählen immer, wie doof der ist.«

»Heute hat der Klaus erzählt, wenn Herr Schubert zu Hause ist, wo er lebt, und er die Kellerfenster putzen will, dann dauert das bei ihm drei Tage. Weißt du warum, Mama?«

Sie sagte, sie wüßte es nicht.

»Logo«, sagte ich, »es ist, weil er erst ein tiefes Loch für die Leiter graben muß!«

GLÜCKWUNSCH, AXEL!

Axel kommt immer zu spät. Heute kam er auch zu spät. Aber nur fünf Minuten. Als er in die Klasse kam, schaute Fräulein Blumenberg auf die Uhr, winkte ihn zu sich herüber und schüttelte seine Hand.

»Herzlichen Glückwunsch«, sagte sie mit dieser Stimme, die keiner von uns wirklich mag, »du hast für dieses Schuljahr einen neuen Rekord aufgestellt.«

»Neuen Rekord?« fragte Axel.

»Ja, fünf Minuten zu spät, daß ist der absolut früheste Zeitpunkt, an dem du jemals gekommen bist!«

DIE SINTFLUT

In Religion hat Fräulein Blumenberg uns heute von der Sintflut erzählt. Und es hörte sich wirklich spannend an. Wir saßen alle richtig still und hörten zu. Und es gab eine Menge zum Nachdenken. Und dann sagte Irmgard:

»Ich habe ihn gefesselt, als er eingeschlafen war! Jetzt kann ich endlich in Ruhe mit meiner elektrischen Eisenbahn spielen!«

»Fräulein Blumenberg«, sagte sie, »was wäre, wenn die Sintflut in einem richtig harten und kalten Winter gekommen wäre? Hätte das bedeutet, daß dann all die gerettet worden wären, die draußen Schlittschuh laufen waren, weil Eis auf dem Wasser schwimmt?«

EINE WIRKLICH GROSSE NUMMER

Mein Onkel Conrad ist ein richtiger Zauberer. Nicht nur so zum Spaß, er arbeitet ernsthaft daran und tritt in vielen Ländern auf der ganzen Welt auf. Er wußte allerdings nicht, wie man Kaninchen aus einem großen schwarzen Hut zaubert, er konnte aber Frauen durchsägen und sie wieder zusammensetzen, so daß sie wieder Frauen waren. Und er konnte sie auch in der Luft schweben lassen, ohne daß irgend etwas sie festgehalten hätte. Und er konnte alle möglichen Kartentricks, mit Karten, die den Leuten aus den Ärmeln, aus der Nase, hinter den Ohren hervorkamen.

Jetzt tritt er nicht mehr auf. Nur ein bißchen aus Spaß, wenn er auf einer Familienfeier ist und wir ihn fragen, ob er nicht ein paar Tricks für uns machen kann.

So fragten wir ihn auch wieder viel, als wir alle auf Großmamas siebzigsten Geburtstag waren. Und er zauberte ein paar tolle Tricks für uns, denn er ist immer noch ein ganz toller Zauberer. Und wir klatschten und klatschten und baten ihn, mehr zu zeigen. Aber schließlich, nachdem er uns noch ein paar mehr gezeigt hatte, konnte er nicht mehr beschwatzt werden und sagte, daß jetzt Schluß ist.

»Jetzt könnt ihr einen Zaubertrick für mich machen«, sagte er.

»Was ist mit dir, Michael? Welche große Nummer kannst du denn vorführen?«

»Es tut mir leid, Onkel Conrad«, sagte er, »ich fürchte, ich kann keine einzige große Nummer.« Trotzdem war es ziemlich sicher, daß er ein As im Ärmel hatte.

Er sagte: »Ich habe keine auf Lager, aber Oma weiß eine! Sie kennt eine wahnsinnig gute Nummer! Mach schon, Oma! Zeig Onkel Conrad, wie du alle deine Zähne herausnehmen kannst!«

DIESE BLÖDEN
KNIESTRÜMPFE

Als ich diesen Nachmittag nach Hause kam, versuchte ich mich nach oben in mein Zimmer zu schleichen, ohne daß Mama mich sah. Aber ich war nicht schnell genug

»Du bist wirklich ein hoffnungsloser Fall!« sagte sie wütend. »Sieh dir dein Shirt an! Es ist eine Schweinerei! Und deine Nase! Hattest du Nasenbluten?«

»Hast du jetzt genug darauf rumgehüpft?«

»Kannst du nicht ein paar Seiten überspringen? Ich werde müde!«

»Ja«, gab ich zu, »aber nur ein bißchen. Nicht mehr, als ich mit meinem Ärmel wegwischen konnte.«

»Also hast du dich wieder geprügelt?«

»Ja, Mama, aber ich mußte. Ich bin aufgezogen worden, weil ich diese blöden Kniestrümpfe trage, die du mir gestrickt hast, weil es kalt ist. Und da habe ich die Beherrschung verloren.«

Mama schüttelte den Kopf.

»Wie oft habe ich dir schon gesagt, daß du, wenn du wütend wirst, bis zehn zählen sollst, bevor du die Fassung verlierst!«

»Aber das habe ich doch gemacht, Mama! Das einzige Problem war, daß die Mutter von Karl Hendrik ihm gesagt hat, er brauche bloß bis drei zu zählen!«

 ## HAMLET UND OPHELIA

Ich und Anja waren heute unseren schlauen Onkel Karl-Heinz besuchen. Anja fragte, wer Hamlet und Ophelia sind, weil ihr Lehrer etwas über sie erzählt hat, aber sie hat nicht richtig mitbekommen, was es war.

»Was«, sagte unser Onkel. »Ist es wirklich wahr, daß du nicht weißt, wer Hamlet und Ophelia waren? Du bist jetzt in der fünften Klasse und hast das noch nicht gelernt? Was lernst du denn überhaupt in dieser Schule – außer, während der Pause Himmel-und-Hölle zu spielen? Okay, geh in die Küche und frage deine Tante, wo die Bibel ist, dann werde ich es nachschlagen.«

DAS RHINOZEROS, DAS NICHT LAMBADA TANZEN KONNTE

Heute in der Pause haben wir einige Rätsel gehört. Und als wir von der Schule nach Hause kamen, haben wir unserer Mama ein paar davon aufgegeben, während wir unseren Kakao tranken und Plätzchen aßen.

»Mama«, sagte ich, »weißt du, was das Hippopotamus zum Rhinozeros gesagt hat, als es erfahren hat, daß das Rhinozeros nicht Lambada tanzen kann?«

»Nein. Was hat es denn gesagt?«

»Macht nichts, was hältst du dann von einem langsamen Walzer?«

Michael hatte auch was Gutes auf Lager: »Weißt du, was das Krokodil gesagt hat, als das Hippopotamus dreimal gerülpst hat?«

Mama schüttelte den Kopf: »Nein, was hat es denn gesagt?«

»Dieser Song wird die Hitlisten der Popmusik anführen!«

»Ich denke, er schläft jetzt ...«

Dann war ich wieder an der Reihe. »Mama, weiß du, was die Maus sagte, als sie unten in Afrika mit einem Elefanten zusammengestoßen ist?«

Mama wußte auch das nicht.

»Sie sagte: Hey, mein kleiner Freund!«

Michael wußte noch eins. »Mama«, sagte er, »weißt du, was die Löwen in Afrika haben, was kein anderes Tier hat? Soll ich es sagen?«

Mama nickte, und so sagte Michael es:

»Löwenbabys!«

EINE NACHRICHT VON ANJA

Als ich heute von der Schule nach Hause kam, lag eine Nachricht von Anja auf dem Küchentisch. Sie mußte für meine Mama bestimmt sein, wenn sie von der Arbeit kommt. Es stand darin:

»Ich habe Kopfschmerzen und Bauchschmerzen, und ich mußte brechen, und ich habe eine Halsentzündung, deshalb bin ich nicht zur Schule gegangen, weil ich wohl die Grippe kriege. Ich habe eine Aspirintablette genommen und bin jetzt mal kurz auf dem Spielplatz. Anja.«

ÄNGSTLICHE KATZE

Wir haben im Fernsehen einen Zeichentrickfilm gesehen, wo Donald Duck ständig von einem wütenden Bullen gejagt wurde. Egal, wo Donald hingerannt ist oder sich versteckt hat, der Bulle tauchte immer wieder auf und schnaubte vor Wut, und Donald Duck bekam es immer mehr mit der Angst zu tun.

»Papa«, fragte Michael hinterher, »hast du Angst vor Bullen?«

»Nein, ich glaube nicht. Die meisten Bullen ärgern einen nicht, wenn man sie einfach in Ruhe läßt.«

»Hast du Angst vor Bluthunden?«

»Nein, eigentlich nicht! Bluthunde tun dir nichts, wenn sie gut erzogen sind.«

»Gut, wie sieht es mit Wespen aus? Hast du auch keine Angst vor Wespen?«

»Wespen stechen wirklich nur, wenn man mit den Armen oder Beinen nach ihnen schlägt und sie Angst bekommen.«

Michael saß still und dachte einen Moment nach. Dann sagte er: »Und du fürchtest dich nicht vor Werwölfen, Gespenstern und solchen Sachen?«

»Nein, tue ich nicht, und jetzt laß mich meine Zeitung zu Ende lesen!«

»Aber, Papa! Gibt es denn nichts, wovor du Angst hast, außer vor Mama, wenn sie wütend ist?«

*»Anstatt gute Sendungen mit Cowboys und Indianern zu zeigen,
bringen sie immer Programme mit alten Frauen!«*

»Meine Mutter wird sehr zufrieden sein, wenn sie sieht,
wie schön ich das Geschirr gespült habe!«

WAS IST DAS,
WAS AUF EINEM BEIN
IN DER SAHARA STEHT?

Während der letzten fünf Minuten im Geographieunterricht sollten wir uns heute gegenseitig Rätsel
aufgeben. Irmgard wußte ein gutes:

»Wissen Sie, was schwarz ist und auf einem Bein
in der Sahara steht, Herr Berner?« fragte sie. »Und
ihr, behaltet's für euch, wenn ihr es wißt!«

»Keine Ahnung«, sagte Herr Berner.

»Ein schwarzer Stammesangehöriger, er hat gerade das andere Bein angezogen, um sich den Sand
zwischen den Zehen wegzumachen! Aber, wissen Sie
auch, was schwarz ist und auf zwei Beinen in der
Sahara steht?«

»Ist das vielleicht derselbe Stammesangehörige,
nachdem er sich den Sand zwischen den Zehen ent-
fernt hat?«

»Nein, es sind *zwei* Stammesangehörige, und sie
stehen beide nebeneinander und entfernen sich den
Sand zwischen den Zehen. Aber jetzt wird es wirklich schwer. Was ist das, was schwarz ist und auf drei
Beinen in der Sahara steht? Seid alle still!«

»Okay, Irmgard, es gibt eine Menge Möglichkeiten,
aber ich rate jetzt einfach mal. Was hältst du von *drei*
Stammesangehörigen, die alle auf einem Bein stehen?
Na, habe ich den Nagel auf den Kopf getroffen?«

»Nein! Es ist ein großes Klavier!«

ICH HASSE ES,
ZUR SCHULE ZU GEHEN

In der Pause habe ich heute einen kleinen Erstkläßler gesehen, er stand in der Ecke und hat geweint. Er hat so bitterlich geweint, er konnte gar nicht aufhören. Aber es hatte ihn niemand geschlagen oder geärgert oder sonst irgendwas. Also sind wir zu dem Lehrer gegangen, der gerade Aufsicht hatte.

»Warum weinst du denn so, mein kleiner Freund?« fragte der Lehrer.

»Weil ich nicht zur Schule gehen will«, schluchzte er, »und meine Mama und mein Papa sagen, daß ich hierher kommen muß, bis ich sechzehn bin.«

»Großer Gott«, antwortete der Lehrer und gab ihm ein Bonbon. »Sieh mich an! Ich muß hierher kommen, bis ich fünfundsechzig bin!«

DU
LIEBER HIMMEL

Michael kam heulend in die Küche gelaufen. Mama hörte mit dem Abwasch auf und drehte sich um.

»Was ist los?« fragte sie.

»Ich habe meine Klamotten angelassen, weil die auch dreckig waren!«

»Ich war draußen in der Garage und habe Papa geholfen. Er mußte ein paar große Nägel in die Wand hauen, um sein neues Werkzeugregal aufhängen zu können. Aber als ich ihm den zweiten Nagel gab, da hat er ihn nicht getroffen und statt dessen auf seinen Finger gehauen, und er flog drei Fuß hoch in die Luft.«

»Aber«, sagte Mama und machte mit dem Abwasch weiter, »das ist doch für dich kein Grund zu weinen. Dein Vater wird das schon überleben.«

»Ich weiß, Mama. Ich habe auch nicht geweint, bis er mir eine Ohrfeige gegeben hat ... nur, weil ich zu lachen angefangen habe.«

UND,
LIEBER GOTT ...

Anja hat heute abend ihr Nachtgebet aufgesagt und es mit folgenden Worten beendet:

»Und, lieber Gott, bitte paß auf Mama und Papa und Jakob und Michael auf – und bitte, lieber Gott, kannst du die Themse in das Kaspische Meer fließen lassen? Amen.«

Meine Mutter hörte, was sie gesagt hatte, und fragte Anja, warum um alles in der Welt sie dafür gebetet hatte.

»Klar«, sagte sie, »weil ich heute in der Schule einen Aufsatz geschrieben habe, und da habe ich behauptet, daß sie es tut!«

DIE ROTATION
DER ERDE

Als Pauline, Anjas Freundin aus der achten Klasse, einen richtig guten Aufsatz geschrieben hat, durfte ich ihn mir kopieren, weil sie wußte, daß ich für ein richtiges Buch über meine Schule und meine Klasse Material sammle. Der Aufsatz war über die ›Rotation der Erde‹, und Pauline hat ihn selber geschrieben:

»Die Rotation der Erde hat etwas damit zu tun, daß die Erde sich dreht. Ungefähr so, wie wenn meine Mama Knödel macht und sie immer rollt. Aber man kann eigentlich nicht sagen, daß die Sonne im Osten aufgeht. Denn es ist die Erde, die sich dreht. Die Sonne geht nirgendwo hin. Sie steht einfach an einer Stelle. Und sie wartet auf die Erde, um im Osten aufzugehen und im Westen unterzugehen. Mit anderen Worten: Wenn mein Kopf die Erde wäre, okay? Und das Licht von der Decke ist die Sonne, klar? Sagen wir, ich schleiche mich langsam unter das Licht. Und wenn ich genau unter dem Licht bin, klar? Dann ist Mittag. Und wenn Leute auf meinem Kopf leben würden, dann würden sie jetzt alle zu Abend essen. Zumindest all die Leute, die draußen auf dem Land leben, auf Farmen und so, weil Stadtmenschen haben mittags kein Abendessen, die haben Mittagessen. Und das ist es, was es mit der Rotation der Erde auf sich hat. Pauline.«

»Ich gebe auf, er ist zu glitschig!«

»Es ist wirklich schwer zu glauben, daß du ein Babysitter bist!«

KOMM SCHON,
RAUS DAMIT

Heute ist David in der Pause verprügelt worden. Von Rudolf und Konrad. Sie haben es ihm so richtig gegeben, unten in der Ecke, vor dem Fahrradschuppen. Dann kam der Lehrer, der Aufsicht hatte, und sagte: »Hey, hey, hey, genug da unten!«

»Warum habt ihr David verprügelt?« fragte der Lehrer.

»Ohne Grund!«

»Kommt schon, raus damit … und zwar plötzlich! Andernfalls könnt ihr heute nachsitzen!«

Also platzte Rudolf heraus:

»Gut, wir haben ihm nur ein paar auf die Finger gegeben, weil er fast alle seine Matheaufgaben falsch hat.«

»Aber, das ist doch wohl nicht euer Problem!«

Rudolf hat dem Lehrer gerade ins Gesicht gestarrt.

»Also, so würde ich das nicht sagen, Herr Müller. Sehen Sie, Konrad und ich haben alles von ihm abgeschrieben.«

 # GRIESGRAM

In der Schule habe ich eine gute Geschichte gehört. Und als ich nach Hause kam und meine Schultasche weggestellt habe, bin ich auf den Küchentisch gehüpft und habe sie meiner Mama erzählt:

»Du erinnerst dich doch an *Schneewittchen und die sieben Zwerge* – oder nicht? Also, diese Geschichte handelt vom Griesgram, der immer gereizt war und kaum ein Wort gesprochen hat. Seine Mama und sein Papa hatten Probleme mit ihm, als er noch ein Kind war. Er hat niemals ein Wort gesprochen. Selbst als er schon vier Jahre alt war, hat er noch nicht gesprochen. Dann, eines Morgens, als alle am Tisch saßen und ihre Hafergrütze aßen, starrte er auf den Tisch, mit seinem Löffel in der Hand, und aß kaum etwas.

Dann, während er wütend jeden einzelnen hintereinander ansah, sagte er plötzlich: »Es ist kein Salz auf dem Tisch!«

Alle am Tisch zuckten zusammen.

Und seine Mutter sagte begeistert: »Darling, kleiner Griesgram, du kannst ja sprechen! Warum hast du denn bis jetzt nie etwas gesagt?«

»Weil«, sagte der immer noch wütende Griesgram, »weil immer Salz auf dem Tisch war!«

*»Als Babysitter ist es dein Job, mich ins Bett zu kriegen.
Und mein Job ist es, so lange wie möglich aufzubleiben!«*

WIR HABEN GELERNT, BRÖTCHEN ZU BACKEN

Als ich heute aus der Schule nach Hause kam, hatte ich meiner Mama etwas wirklich Aufregendes zu erzählen. Ich schmiß meine Schultasche hin und rauschte in die Küche.

»Mama«, sagte ich, »weißt du, was wir heute gemacht haben? Wir waren in der Schulküche und haben gelernt, wie man Brötchen backt.«

»Oh, das hört sich aber wirklich lustig an. Habt ihr sie denn hinterher selber essen dürfen?«

»Dürfen? Vergiß es, Mann, wir *mußten*!«

DIE REGENZEIT IN AFRIKA

Herr Neumann von der Schule war mal ein freiwilliger Helfer in Afrika. Manchmal, wenn wir noch ein paar Minuten Zeit haben, bevor es klingelt, fragen wir ihn, ob er uns nicht ein paar Geschichten von Afrika erzählen kann. Die Geschichten, die er erzählt, sind so verrückt, daß wir fast sterben vor Lachen.

Gestern hat er uns erzählt, wie stark es dort regnet, wenn die Regenzeit in der Kalahari anfängt. Ausgetrocknete Flußbetten füllen sich und werden wieder zu Flüssen. Und die Tiere baden natürlich gerne in den Flüssen und Seen, die sich so plötzlich bilden.

»Als ich einmal kurz nach dem Regen nach Uganika-Wuganika kam«, sagte Herr Neumann, wobei er sehr ernst guckte, damit wir glaubten, daß das, was er erzählte, eine wahre Geschichte war. »Da unten in Uganika-Wuganika sah ich einen Elefanten, der in einem neugeformten See herumwatete. Es ging ihm gut. Er nahm mit seinem Rüssel Wasser und spritzte es über seinen ganzen Körper. Und er hat auch nicht vergessen, sich hinter den Ohren zu waschen. Elefanten lieben es, ein Bad zu nehmen. Am Ufer saß eine kleine afrikanische Spitzmaus. Sie hatte ein bißchen Angst vor dem ganzen Wasser, das da herumgespritzt wurde, trotzdem wollte sie eine kleine Abkühlung.

»Das ist herrlich«, rief der Elefant der Spitzmaus zu, »komm rein zu uns.«

»Oh, ich weiß nicht«, sagte die Maus entschuldigend, »ich möchte nicht so gerne mit so vielen anderen zusammen ins Wasser gehen, wenn ich keinen Badeanzug dabei habe.«

»Aber das ist doch gar kein Problem«, rief der Elefant, »ich kann dir meinen leihen!«

»Wenn Frau Jensen von nebenan nach mir fragt – ich bin nicht hier!«

KONRADS NEUE
VIOLINE

Mama und Papa sagen, daß ich musikalisch bin. Ich würde gerne ein eigenes Keyboard haben, aber mein Papa sagt, das ist zu teuer. Also, wenn ich eins bekomme, dann höchstens zu Weihnachten. In der Schule spiele ich im Musikunterricht Bongos, und es hört sich richtig gut an.

Konrad hat von seiner Mama und seinem Papa eine Violine zu Weihnachten gekriegt. Und er übt jeden Tag, obwohl er es langsam leid ist. Seine Mama und sein Papa sagen, daß, wenn sie soviel Geld für ein Instrument ausgeben, er auch lernen muß, darauf zu spielen.

Als Papa und ich drüben bei Konrad zu Hause waren, um einen großen Schraubenzieher auszuleihen, da übte Konrad gerade auf der Violine.

Konrads Vater bat uns, Platz zu nehmen und zuzuhören, welche Fortschritte Konrad schon gemacht hatte. Er spielte ein ganzes Stück nach Noten für uns. Er spielte es mehrere Male, weil er immer wieder aufgehört hat und ›nein‹ und ›oops‹ gesagt hat – und dann hat er immer wieder von vorne angefangen.

Als wir nach Hause kamen, hat Mama gefragt, wie Konrad Violine spielt.

»Laß es uns so sagen«, sagte mein Papa, »den Saiten der Violine wäre besser gedient, wenn sie zu der Katze zurückkämen, von der sie einmal gekommen sind.«

WURDEST DU IN DER SCHULE GESCHLAGEN, OPA?

Ich und Michael haben heute mit Opa gesprochen, wie die Dinge waren, als er zur Schule gegangen ist. Es macht immer Spaß, mit Opa über all das Zeug aus der guten alten Zeit zu reden.

»Wurdest du viel geschlagen, als du in die Schule gingst, Opa?« fragte Michael.

»Ob wir geschlagen wurden, mein Junge?« sagte Opa. »Unsere Lehrer kannten uns besser von hinten als von vorne!«

WASSERSPRITZEREI

Gestern kam ich zwei Stunden früher von der Schule nach Hause als gewöhnlich. Ich bin nach oben in mein Zimmer gegangen, um Computerspiele zu machen, als meine Mutter plötzlich auftauchte.

»Der Deckel ist vom Topf gesprungen.
Wie kann ich das Ganze denn jetzt löschen?«

»Mami, bis du mal eine richtige Sexbombe gewesen?«

»Bist du es, Jakob? Warum bist du so früh nach Hause gekommen?«

»Also, Mami«, sagte ich, »erinnerst du dich, ich habe dir gestern erzählt, daß Fräulein Blumenberg Rudolf früher nach Hause geschickt hat, weil er mit ein paar anderen mit Wasser aus den Toilettenbecken rumgespritzt hat. Und nach der Pause kam er klitschnaß in die Klasse. Und Fräulein Blumenberg möchte kein tropfnasses Kind in der Klasse sitzen haben.«

»Okay«, sagte meine Mama, »aber das beantwortet nicht, warum du heute früher zurück bist. Was war heute los?«

Ich öffnete meine Schultasche, um klarzustellen, daß ich alle meine Bücher hatte.

»Heute ist alles richtig gut gelaufen, Mama. Nach der Pause hat Fräulein Blumenberg mich, Rudolf und vier andere nach Hause geschickt!«

SPASS MIT HERRN BROWN

In der letzten Stunde sollten wir heute Religion haben, bei Fräulein Blumenberg, aber es stellte sich heraus, daß sie zum Zahnarzt mußte. Also hatten wir bei Herrn Brown, dem ältesten Lehrer der ganzen Schule. Okay, wir wollten ihm einen kleinen Streich spielen. Aber wir hatten keine gute Idee, bis kurz bevor er kam. Da sprang Rudolf auf, nahm sich den Schwamm, der schon ein bißchen naß war und drückte ein paar Tropfen auf den Lehrerstuhl. Dann kam Herr Brown rein und setzte sich hin. Er erhob sich ein bißchen und ging mit der Hand über die Sitzfläche. Dann fragte er:

»Sagt mal, wen hattet ihr denn in der letzten Stunde als Vertretung?«

 ## MEINE WIRBELSÄULE

In der Schule hat Fräulein Blumenberg heute ein paar Sätze an die Tafel geschrieben, und wir sollten sie in die Vergangenheit umwandeln und dann in unsere Hefte abschreiben. Das war sehr schwer. Ich beugte mich über mein Heft und versuchte es.

Plötzlich sagte Fräulein Blumenberg zu mir: »Setz dich gerade hin, Jakob! Es ist nicht gut für deine Wirbelsäule, so vornübergebeugt zu sitzen. Richte dich auf, streck deinen Rücken und entspann dich für einen Moment. Und während du dich entspannst, erzähl mir, was du über deine Wirbelsäule weißt.«

»Die Wirbelsäule«, sagte ich und richtete mich auf. »Sie ist in meinem Rücken. Die Wirbelsäule ist ein Bündel von kleinen Knochen, die übereinander gestapelt sind. Mein Kopf sitzt auf dem einen Ende, und auf dem anderen sitze ich!«

»Ich habe den Tisch abgeräumt, Madam!
Wo soll ich das Geschirr denn jetzt hinstellen?«

FUSSBALL
FÜR ANFÄNGER

Wir haben heute zwei Stunden verpaßt, weil wir bei einem Spiel unserer Fußballmannschaft gegen das Team einer anderen Schule zuschauen sollten. Nach dem Spiel kehrten wir zur letzten Stunde in die Klasse zurück, und Fräulein Blumenberg fragte uns, wie das Spiel war, obwohl sie von Fußball nicht die geringste Ahnung hat.

»Es endete unentschieden, keine Tore!« riefen wir.

Und dann wollte Fräulein Blumenberg uns beweisen, daß sie doch ein bißchen was vom Fußball versteht, und fragte:

»Und wie war der Stand zur Halbzeit?«

KOMM SCHON,
WEITER, KONRAD!

In Geographie mußten wir heute die Hauptstädte von Europa wissen. Und Konrad wurde aufgerufen.

»Okay, bitte fang an«, sagte Herr Berner.

Aber Konrad hat nicht angefangen. Er stand vor der Landkarte, als hätte er sie noch nie gesehen.

»London, Paris, Rom ... komm schon, mach weiter. Du solltest in der Lage sein, auf Knopfdruck zu antworten.«

Immer noch kein Wort von Konrad.

Da flötete Otto von hinten:

»Drücken Sie den Knopf noch einmal, Herr Lehrer.«

 # DIE ARCHE NOAH

Wir haben gerade einen Film über die Überreste der Arche Noah gesehen, die einige clevere Leute auf dem Berg Ararat gefunden haben. Sie waren ziemlich sicher, daß diese Planken Teile der Arche Noah sind.

Als er vorbei war, baten Michael und ich unseren Opa, uns mehr über die Arche Noah zu erzählen. Also erzählte er uns alles, was er über die Sintflut und über all die Tiere, die Noah mit in die Arche genommen hat, wußte.

Dann fragte Michael: »Opa, warst du auf Noahs Arche?«

»Nein, Michael, war ich sicher nicht!«

»Aber, Opa, wie kann es dann sein, das du nicht ertrunken bist?«

»Gib mir nur ein Handtuch, dann kann ich dir zeigen, wie ich den Dreck
abrubbeln kann, ohne Wasser und Seife zu benutzen!«

»Tut mir leid, Mami! Aber ich konnte mich nicht mehr erinnern, ob man die Hände zuerst wäscht und dann abtrocknet, oder umgekehrt!«

DIE MÜCKE

Charlotte hat heute die ganze Geschichtsstunde hindurch unruhig auf ihrem Stuhl herumgezappelt.

»Wäre es wohl möglich, ein bißchen stiller zu sitzen, Fräulein Zappelphilipp?« fragte Herr Berner.

»Ja«, sagte Charlotte, während sie mit beiden Händen an ihren Ohren vorbeiwischte, »es ist nur, daß hier eine Mücke ist, die mich schon die ganze Zeit ärgert.«

»Hat sie dich gestochen?«

»Nein, aber manchmal kommt sie so nah, daß ich ihren Propeller hören kann!«

ICH SOLLTE JETZT BESSER GEHEN

Heute bin ich mit Konrad und Rudolf zusammen nach Hause geradelt. Zuerst sind wir in den Park gefahren und haben Räuber und Gendarm gespielt. Dann sind wir rübergefahren zu den Hafenbecken und haben Krabben gefischt. Und dann haben wir plötzlich gesehen, wie spät es ist. Es war schon kurz vor vier, und ich sollte spätestens um zwei Uhr zu Hause sein.

»Ich gehe jetzt besser nach Hause«, sagte ich.

»Auf keinen Fall«, sagte Rudolf, »das wäre wirklich dumm. Wenn du jetzt nach Hause gehst, kriegst du dicken Ärger, weil du zwei Stunden zu spät kommst. Aber wenn du erst gegen sechs oder sieben heimkommst, wird deine Mutter vor Freude in die Luft springen, daß du wohlauf bist!«

 ## KRIEG DER STERNE

Heute war wirklich ein harter Tag. Völlig anders. Aber total aufregend. Unser Haus, unser Vorgarten, unser Garten, unser Fahrradschuppen, der Werkzeugschuppen meines Vaters und sein Gewächshaus und sein Taubenschlag, alles glich den ganzen Nachmittag einem Schlachtfeld, bis meine Mama und mein Papa vom Einkaufen aus der Stadt nach Hause kamen. Rudolf und seine Elitetruppen haben sich unten im Taubenschlag verschanzt. Und Konrad und seine Stoßtruppen krochen an der Hecke entlang und besetzten die Garage. Dann haben sich Otto und Arthur plötzlich mit ihren Regenschirmen aus dem Pflaumenbaum fallen lassen, und das hätte ganz schön gefährlich werden können, wenn sie sich ihren Weg hinauf zum Haus gebahnt und versucht hätten,

»Erinnerst du dich? Du hast versprochen, zum Stadion zu gehen
und zuzusehen, wie ich Fußball spiele!«

durch das Kellerfenster hineinzukommen. Aber ich habe es mit dem Wasserschlauch aus der Waschküche verteidigt, so daß sie nicht nah genug herangekommen sind, um zu schießen.

Es hat alles damit angefangen, daß Mama und Papa für ein paar Stunden in die Stadt fahren mußten, um ein paar Einkäufe zu machen, und ich allein zu Hause bleiben sollte. Zuerst konnte ich mich nicht so recht entscheiden, was ich machen sollte. Aber dann fiel mein Blick auf Großvaters altes Schwert an der Wand. Ich habe es heruntergenommen und versucht, mit Tabby zu fechten, aber der rannte weg und versteckte sich. Aber dann hatte ich eine geniale Idee und rief Rudolf an.

»Ich bin's«, sagte ich. »Ich möchte, daß du und Konrad und alle Kinder in der Straße wissen, daß ich den totalen Krieg der Sterne erkläre.«

DIE UNTERHOSEN
DES NEUEN

Michael war richtig stolz, als er heute aus der Schule kam.

»Weißt du was, Mami«, sagte er, »ich habe heute angefangen, den anderen Kindern in meiner Klasse zu helfen. In Rechnen habe ich dem Fritz geholfen.«

»Meine Güte, wobei hast du ihm denn geholfen?« fragte meine Mutter.

»Also, der neue Junge, das ist Fritz, er hat sich gemeldet und gefragt, ob er mal Pippi machen darf. Das war okay. Aber dann kam er fünf Minuten später wieder und stand in der Tür mit zusammengekniffenen Beinen.«

»Ich kann es nicht finden, es ist verschwunden«, weinte er.

»Ist es mit Sicherheit nicht«, sagte Fräulein Blumenberg, »laß Michael mitgehen und dir helfen, es zu finden!«

»Und das habe ich getan. Und als wir zurückkamen, hat Fräulein Blumenberg gefragt, ob wir es gefunden haben.«

»Klar«, habe ich gesagt, »es war leicht. Er hatte seine Unterhose falsch herum angezogen, so daß das Pippiloch hinten war.«

WAS WILLST DU MAL WERDEN, WENN DU GROSS BIST?

Unser netter Onkel Albert kommt uns manchmal besuchen. Und wenn er das tut, gibt er uns immer ein bißchen Geld zusätzlich zu unserem wöchentlichen Taschengeld, von dem er immer glaubt, wir hätten es schon ausgegeben. Und wir haben es immer schon ausgegeben.

Bei seinem letzten Besuch hat er, nachdem er jedem von uns ein bißchen Geld gegeben hat, Anja

*»Meinst du nicht, daß es ein bißchen zu spät ist
für meine Regenjacke und meine Gummistiefel?«*

gefragt: »Was willst du einmal werden, wenn du groß bist?«

»Also, Onkel Albert, das hängt ganz davon ab – wenn ich eine gute Figur habe, wenn ich groß bin, möchte ich ein berühmtes Fotomodell werden oder ein Film- oder Fernsehstar. Und wenn ich keine gute Figur habe, dann werde ich Buchhändlerin!«

»Und du, Jakob«, fragte Onkel Albert, »was willst du einmal werden, wenn du groß bist?«

»Ich weiß es wirklich noch nicht, Onkel Albert, ich habe ja noch nicht einmal entschieden, als was ich zu Halloween gehe.«

WENN ACHT JUNGEN AM STRAND UNTEN SCHWIMMEN GEHEN ...

Michael sagt, daß Mathe in seiner ersten Klasse immer schwerer wird.

»Aber ich kann trotzdem fast alle von den Aufgaben«, sagte er, als wir mit unserem Kakao in der Küche saßen und darüber sprachen. »Man muß nur genau aufpassen und sich melden und ganz schnell das beantworten, was Frau Schulze gefragt hat. Heute hat sie mich plötzlich angeguckt und dann hat sie gesagt:

›Michael, wenn acht Jungen zum Schwimmen an den Strand gehen, und drei der Mütter haben ihren Söhnen verboten, ins Wasser zu gehen, wie viele von den Jungen gehen dann ins Wasser?‹

Das war die leichteste Frage, die ich mir nur vorstellen kann, und ich konnte in weniger als einer Sekunde antworten:

›Natürlich acht!‹«

EINE GESCHICHTE
ÜBER EIN HAUSTIER

In der letzten Stunde hat Fräulein Blumenberg uns heute eine Menge über die Tiere erzählt, die Haustiere genannt werden. Es war kurz, bevor es schellte, also sagte sie: »Jetzt habe ich euch etwas über Hunde, Katzen und andere Haustiere erzählt. Noch eine Sache, bevor es schellt. Denkt immer daran, daß es nicht nur unhygienisch ist, sondern auch gefährlich sein kann, wenn man Katzen oder Hunde oder andere friedliche Haustiere küßt.«

Annelore meldete sich.

»Ja, Annelore. Willst du noch etwas sagen?«

»Ja. Das stimmt, es kann gefährlich sein. Ich kenne einen Fall. Ich habe gesehen, wie meine Tante Regitze King, ihren Hund, einen deutschen Schäferhund, geküßt hat.«

»Und was ist passiert?« wollte Fräulein Blumenberg wissen.

»King ist gestorben.«

»Also, die Spüle in der Küche ist nicht mehr verstopft!«

»Mama, ich habe den Wasserhahn für dich repariert!«

WIR HATTEN EINE
SCHLÄGEREI, MAMA!

Mama macht sich Sorgen, weil Michael in der Pause anscheinend immer in Schlägereien verwickelt ist. Sie sagt, er sei zu temperamentvoll und sollte besser aufhören, immer andere Kinder anzuspringen. »Du mußt lernen, dich ein bißchen besser unter Kontrolle zu haben«, sagt sie. Heute, als Michael von der Schule nach Hause kam, konnte Mama auf seinem Shirt sehen, daß er Nasenbluten hatte, also fragte sie ihn, was passiert ist.

»Albert und ich ... in der Pause«, sagte Michael ... »Wir haben uns geprügelt.«

»Oh, Michael, wie oft soll ich dir noch sagen, daß du keine Schlägerei anfangen sollst. Du sollst bis zehn zählen und dich beruhigen und an was anderes denken.«

»Aber, das ist ja genau das, was ich gemacht habe, Mama. Aber ich bin gar nicht bis zehn gekommen, weil Alberts Mama ihm gesagt hat, er brauche nur bis drei zu zählen!«

 # DAS NILPFERD

Ich habe meiner Mama fast immer etwas zu erzählen, wenn ich nach Hause komme. Manchmal ist es über die Lehrer, manchmal über eine Matheaufgabe, manchmal über die anderen Kinder in meiner Klasse.

Gestern war es eine Geschichte, die Annelore in der Religionsstunde erzählt hat. Sie hat Fräulein Blumenberg gefragt, ob sie sie erzählen darf, und Fräulein Blumenberg hat ja gesagt.

Also habe ich, als ich gestern nach Hause kam und meine Tasche in die Ecke gestellt hatte, meine Mama gefragt: »Möchtest du eine wirklich gute Geschichte hören?«

»Oh, ja«, sagte sie, »spann mich nicht auf die Folter!«

Also habe ich direkt angefangen. »Gut«, sagte ich, »es war im Garten Eden, und Adam und Eva haben den Tieren Namen gegeben.

Adam sagte: »Das dicke, schwerfällige dahinten im Schlamm, das mit dem kurzen Hals und den kleinen Augen und Ohren… Ich denke, wir sollten es Nilpferd nennen.«

Eva dachte darüber nach: »Ein Nilpferd«, fragte sie. »Warum ein Nilpferd?«

»Gut«, sagte Adam, »das weiß ich auch nicht so genau. Aber es sieht doch wirklich aus wie ein Nilpferd.«

90

»Wirst du nicht versuchen, mich ins Bett zu bekommen?«

ES KÖNNTE NOCH
SCHLIMMER SEIN

Wir hatten heute Mathe, und Herr Busse sagte zu
Rudolf, daß er alle seine Aufgaben falsch gelöst
hatte:

»Es ist wirklich hoffnungslos, Rudolf«, sagte er.
»Du weißt genausogut wie ich, daß du der schlechte-
ste von all den achtzehn Schülern in der Klasse bist.«

»Okay«, sagte Rudolf und zog die Schultern hoch,
»es könnte schlimmer sein, oder?«

»Wie, um alles in der Welt?«

»Ja, überlegen Sie doch mal was wäre, wenn die
Klasse doppelt so viele Schüler hätte.«

LASST UNS
RÄTSEL RATEN

Wir waren in unserem Sommerhaus, und uns war
tierisch langweilig, weil es draußen Bindfäden regne-
te, so daß wir nicht an den Strand gehen konnten.

Da sagte Michael: »Laßt uns doch Rätsel raten.
Wißt ihr, was die Schachfiguren sagen, wenn sie sich
langweilen?«

»Nein, was sagen sie denn?«

»Was haltet ihr von einer Partie Dame?«

Ich habe auch eins. »Wißt ihr, was der Minutenzeiger zum Sekundenzeiger sagt?«

Sowohl Michael als auch ich schüttelten den Kopf.

»Er sagt, warum beeilst du dich so, Kleiner!«

Dann wollten wir, daß Mama uns auch eins aufgibt. Aber sie sagte, daß sie sich nie welche merken kann. Also war es ganz gut, daß ich noch eins auf Lager hatte.

»Wißt ihr, was der Papagei zu der lachenden Hyäne sagt?«

»Zu der lachenden Hyäne? Nein. Was hat er gesagt?«

»Was ist so lustig?«

Und ich wußte noch eins.

»Wißt ihr, was ein Schotte sagt, wenn er unten in Monte Carlo einen Hosenknopf setzt?«

Keiner von ihnen wußte eine Antwort.

»Wer nicht wagt, der nicht gewinnt.«

Michael hatte noch eine Chance, bevor Mama das Abendessen machen mußte. Und er sagte, daß nur sie das raten könne.

»Mama«, sagte er, »weißt du, was du aus Papas alten Krawatten machen kannst? Es ist auch leicht.«

Mama hat ein paar Sachen geraten, aber alle waren sie falsch.

»Soll ich es sagen? Okay. Du kannst daraus Schlafsäcke für Aale machen!«

»Papi, wie lange bist du eigentlich schon bei Mami angestellt?«

DER BULLE
AUF DER WEIDE

Manchmal in der Schule, wenn die Stunde beendet ist, bevor es schellt, dürfen wir uns ein bißchen entspannen und miteinander reden. Solange wir nicht zuviel Lärm machen oder Dinge durch die Gegend schmeißen oder von einem Pult zum anderen springen.

Gestern hatten wir noch ein bißchen Zeit, bevor es klingelte, und wir entspannten uns. Karl-Otto fragte, ob er eine lustige Geschichte erzählen dürfe. Fräulein Blumenberg sagte ja. Aber als er den Witz zu Ende erzählt hatte, lachte sie nicht. Sie sagte, sie denke, das sei eine dumme Geschichte. Wir haben gelacht, weil wir sie verstanden hatten. Hier ist der Witz:

Es war einmal ein Bulle, der spazierte glücklich über die Weide. Er war tief in Gedanken versunken und summte eine Melodie. Plötzlich entdeckte er einen alten gelben Gummihandschuh, der im Gras lag, neben einem großen Melkeimer und einem Melkschemel. Der Bulle hob den Handschuh auf und guckte sich um. Dann ging er zu der Kuh, die am Zaun weidete: »Entschuldigen Sie, Madam«, sagte der Bulle, »gehört der BH vielleicht Ihnen?«

EIN NEUES MÄDCHEN
IN UNSERER KLASSE

Heute, als Michael aus der Schule kam, fragte meine Mama, ob es irgendwas Neues gibt.

»Ja«, sagte er, »wir haben ein brandneues Mädchen in der Klasse. Aus einer anderen Stadt.«

»Und wie heißt sie?«

»Ihr Name ist Annie. Und unser Lehrer hat gefragt, ob sie ihr ABC kann.«

»Und, was hat Annie gesagt?«

»Sie sagte: Nein, Madam, aber ich bin auch noch nicht mal eine Stunde hier, oder?«

WOHIN GEHST DU,
FRAU HENDRIKSEN?

Es wird immer schlimmer. Es dauert nicht mehr lange, dann gibt es in diesem Haus gar nichts mehr, was ich machen darf. Es spielt überhaupt keine Rolle, was es ist. Wenn ich meine Mutter frage, ob ich darf, dann sagt sie nein. Ich frage meistens meine Mutter, es hätte gar keinen Zweck, meinen Vater zu fragen. Der sagt fast immer nein, sogar bevor ich überhaupt

»Ich gehe jetzt draußen spielen … Mama …!«

gefragt habe, für was ich die Erlaubnis haben möchte. Einmal habe ich ihn gefragt, ob ich in den Park gehen darf, um mit den älteren Jungen Fußball zu spielen. Er sagte dreimal nein, und dann hat er gesagt, daß er nein meint, wenn er nein sagt, und daß ich ein lieber kleiner Junge sein soll und aufhören soll, ihn zu nerven. Ein bißchen später habe ich den Kopf durch die Wohnzimmertür gesteckt und ihn gefragt, ob ich mich den ganzen Tag wie ein lieber kleiner Junge benehmen soll.

»Ich sagte nein«, brüllte er.

Mein Vater ist komisch, aber meine Mutter ist auch immer gut im Nein-Sagen. Gestern habe ich ganz allein vor dem Haus gespielt. Dann ist ein Taxi vorgefahren und Hendriks Mutter und Vater sind mit ein paar Koffern eingestiegen.

»Wo gehst du hin, Frau Hendriksen?« fragte ich Hendriks Mutter, und dann hat sie mich gefragt, ob ich nicht mitkommen möchte. Also bin ich ins Haus gelaufen und habe meine Mutter gefragt.

»Mama«, sagte ich, »wäre es okay, wenn ich mit Hendriks Mutter und Vater für drei Wochen nach Westindien fahren würde?«

Natürlich hat sie nein gesagt, und wahrscheinlich hat sie völlig vergessen, wie man ja sagt.

DENK NOCH MAL
DARÜBER NACH, OTTO!

Wir hatten heute Geographie, und Otto fragte Herrn Berner, wo Rumänien liegt, weil seine Eltern darüber gesprochen haben, dort in den Ferien hinzufahren. Herr Berner sagte, daß er nach vorne kommen und selbst versuchen könne, es auf der Landkarte zu finden. Und Otto ging nach vorne und guckte über die ganze Karte, ganz runter bis Afrika. Und Marina kicherte.

»Denk mal nach«, sagte Herr Berner. »Ist es denn sehr weit weg, oder nicht so weit?«

Otto überlegte lange. Und dann meldete sich Marina, um sagen zu dürfen, wo es ist. Aber dann wußte Otto plötzlich, wo es liegt.

»Es kann nicht so weit weg sein«, sagte er, »weil Marina aus Rumänien kommt. Und sie sagt, daß sie nur zehn Minuten früher aus dem Haus geht als wir anderen.«

»Hey, Papa!«

»Es ist Krieg. Alle Mann in Deckung!«

DER SPRECHENDE LÖWE
AUS AFRIKA

Mama hat Kartoffeln fürs Abendessen geschält. Und wenn Mama Kartoffeln schält, ist ihr ein bißchen langweilig, und deshalb hat sie nichts dagegen, wenn einer von uns auf den Küchentisch hüpft und ein bißchen was erzählt.

»Mama«, sagte ich gestern, als ich auf dem Küchentisch saß und eine Karotte aß, »möchtest du eine gute Geschichte hören, die ich heute in der Schule gehört habe?«

Mama nickte, während sie Augen aus den Kartoffeln schnitt.

Es war Herr Neumann, der uns die Geschichte erzählt hat. Es war unten in Afrika. Und zwei große Wildjäger kamen in ihren Jeeps durch den Wald gefahren. Da entdeckten sie plötzlich einen großen Löwen, der Gras fraß.

»Das ist aber seltsam«, sagte der eine Jäger. »Löwen essen normalerweise kein Gras.«

Da drehte sich der Löwe zu ihnen um und sagte: »Da haben Sie recht, aber ich habe eine lebende Gazelle verschlungen, und die mag Gras.«

Den beiden Jägern wären fast die Augen ausgefallen.

»Großer Gott!« sagte der eine. »Du kannst sogar sprechen!«

Der Löwe nickte und sagte: »Ja, weil ich auch mal einen lebendigen Papagei verschluckt habe.«

DIE
NATIONALHYMNE

In Englisch hat Fräulein Blumenberg die Ursula heute gebeten, laut vorzulesen. Sie mußte alle Verse der Nationalhymne vorlesen. Und als sie fertig war, hat Fräulein Blumenberg gesagt:

»Versuche uns mit deinen eigenen Worten zu erklären, was die erste Strophe bedeutet.«

»Das kann ich nicht«, sagte Ursula.

»Das kannst du nicht?«, sagte Fräulein Blumenberg. »Warum nicht?«

»Weil ich nicht zugehört habe.«

SIAMESISCHE
ZWILLINGE

Manchmal lese ich einige von Mamas und Papas Wochenzeitschriften. Gestern, als ich eine durchgeblättert habe, bin ich damit in die Küche gegangen, wo Mama war.

»Du hast dich geirrt, Mama! Frau Jensen kann Wasser kochen!«

»Hast du dieses Bild gesehen?« fragte ich. »Was sind das denn für komische Kinder?«

Mama sah sie sich an.

»Sie werden manchmal Siamesische Zwillinge genannt«, sagte sie. »Das heißt, es sind Zwillinge, die von Geburt an miteinander verbunden sind. Zum Beispiel an den Hüften. Und wenn sie nicht durch eine Operation getrennt werden können, dann müssen sie ihr ganzes Leben zusammenbleiben.«

»Können sie denn so ein schönes Leben führen?«

»Ja, manche können es.«

»Können sie zur Schule gehen?«

»Ja. Die hier auf dem Bild sind gerade in die Schule gekommen.«

Ich schaute mir das Bild genauer an. Jeder hielt ein Buch in der Hand, und sie sahen sehr nett aus. Aber da war etwas, das ich nicht verstand.

»Aber, Mama, wenn einer der beiden Siamesischen Zwillinge im Unterricht etwas anstellt und der Lehrer ihn vor die Tür schickt, wäre das dann nicht ziemlich unfair dem anderen gegenüber?«

EINE GENIE-MASCHINE

Heute hat uns Herr Berner etwas über Edison erzählt, und wie die Glühbirne erfunden wurde und all das. Und dann hat er uns gefragt, was für eine

Maschine wir denn gerne erfinden würden, wenn wir könnten.

»Also, was ich gerne machen würde«, sagte Irene, »ist, eine Genie-Maschine erfinden, die alle meine Hausaufgaben macht, wenn ich nur auf den Knopf drücke.«

»So was würde ich auch gern erfinden«, sagte Otto, »und ich würde noch eine erfinden, die den Knopf drückt.«

 # RUDOLF UND DER ORANG-UTAN

In der Schule hat Herr Neumann uns heute ein paar spannende Sachen über riesige Affen erzählt, die in Borneo und Sumatra leben. Sie werden Orang-Utans genannt. Er wußte eine Menge darüber, weil er in seinen Sommerferien selber welche gesehen hat. Jeder von uns hat gebannt zugehört. Jeder, außer Rudolf. Er war damit beschäftigt, in seiner Schultasche rumzuwühlen, wahrscheinlich hat er sein neues Pfadfindermesser gesucht, oder einige seiner lebenden Käfer, die er in einer kleinen Box hatte.

»Diese Orang-Utans waren schon in China und Java weit verbreitet, als die ersten Menschen diese Gebiete besiedelt hatten. Die meisten Orang-Utans wurden in Sumatras zentralem Hochland gefunden, wo sie …«

Herr Neumann hielt inne und sah Rudolf streng

106

»Wenn ich ein Zwilling wäre, wen von uns beiden
hättest du dann lieber?«

an, der seine Käfer gefunden hatte und versuchte, sie zu dressieren, oder sonst irgendwas.

»Rudolf«, sagte er ärgerlich, »hast du mir zugehört?«

»Klar, Herr Neumann! Wo sie was?«

DER
SCHULAUSFLUG

Heute hat Fräulein Blumenberg Aufsätze von der siebten Klasse korrigiert, die sie geschrieben hatten, nachdem sie ein großes Schloß, das Frederiksborg-Schloß heißt, besichtigt hatten. Sie fragte, ob sie uns einen der Aufsätze vorlesen sollte, und wir schrien alle ja, also hat sie ihn vorgelesen:

»Ich und meine Klasse haben gestern einen Schulausflug gemacht. Zuerst sind wir mit dem Zug gefahren. Dann sind wir ausgestiegen und rüber zu dem Eisstand gelaufen. Ich kaufte mir ein großes Softeis und eine Limonade, und dann hat unser Lehrer gesagt, wir müßten uns beeilen. Also habe ich mich beeilt und mir noch ein Softeis gekauft. Bevor wir den Zug gekriegt haben, der uns am Nachmittag wieder zurückgebracht hat, sind wir wieder zu dem Stand gelaufen und haben uns noch mehr Softeis und Limonade und all so'n Zeug gekauft. Wenn du jemals dahin kommst, der Stand ist wirklich einfach zu finden, er ist direkt neben einem großen Schloß!«

 # DIE TENDENZ ZU GEWALT HEUTZUTAGE

Mama und Papa sind sehr beunruhigt über das, was sie die Tendenz zur Gewalt in der heutigen Zeit nennen. Sie mögen es nicht, wenn wir kämpfen, ob es untereinander ist oder mit den Kindern in unserer Straße. Oder auf dem Schulweg. Und sicherlich auch nicht in der Schule.

Aber gestern kam Michael in die Küche zu Mama, und seine Kleider waren völlig verdreckt.

»Henrik wollte sich mit mir prügeln. Er hat mich auf dem Hof in Schlamm geschubst und hat angefangen, mich zu schlagen, nur weil ich seinen neuen Ball kaputtgemacht habe. Aber ich habe nicht zurückgeschlagen, Mama!«

»Ich bin froh, das zu hören, Michael. Du weißt, wie sehr ich Gewalt und Schlägereien hasse. Wie hat es aufgehört?«

Michael wischte etwas Dreck von seinem Shirt und erklärte:

»Henrik ist nach Hause gegangen, als ich aufgehört habe, in sein Ohr zu beißen!«

»Wenn Rudolf dich nach einem Plätzchen fragt,
dann solltest du ihm lieber eins geben. Er ist es gewöhnt,
seinen Willen zu bekommen!«

DIE
KLASSENFOTOS

Vor einigen Tagen haben Fräulein Blumenberg und die ganze Klasse Klassenfotos gemacht. Und gestern hat sie gefragt, wer ein Foto kaufen möchte, so daß sie unsere Namen der Reihe nach aufschreiben konnte. Rudolf, Konrad, Ursula und Otto haben nicht aufgezeigt. Also hat Fräulein Blumenberg gesagt:

»Aber, überlegt doch mal, wie schön es ist, ein Klassenfoto zu haben, wenn man älter wird. Ihr könnt es euch ansehen und euren Kindern erzählen: Sieh mal, das da ist Charlotte, die ist jetzt verheiratet und nach Kanada ausgewandert. Das da ist Jakob, er ist ein großer Geschäftsführer geworden. Das da hinten ist Marina, sie ist jetzt Chefstewardeß bei einer Fluggesellschaft. Da ist Irmgard, sie ist ...«

»Ja«, unterbrach Otto, »und die Dame, die da vorne steht, das ist unsere Klassenlehrerin, sie ist jetzt tot.«

DAS NEUE BABY
VON FRAU JENSEN

Als unsere Nachbarskatze Junge gekriegt hat, weil sie abends immer draußen rumgestrolcht ist und auf dem Gartenzaun gesessen hat und mit den ganzen Katern um die Wette geheult hat, sind Michael und ich hingegangen, um sie uns anzugucken. Sie waren erst ein paar Tage alt und hatten ihre Augen noch nicht aufgemacht, und so sahen sie aus, als wenn sie keine Augen hätten. Aber selbst wenn sie noch nicht sehen konnten, so konnten sie doch fühlen, wenn Menschen sie hochnahmen und streichelten.

Dann, gestern, als die Frau unseres Nachbarn mit ihrem neuen Baby aus der Klinik nach Hause kam, durften wir reinkommen und es uns ansehen.

Michael war ziemlich aufgeregt und konnte es kaum abwarten, unserer Mama zu erzählen, daß wir drüben waren und uns das neue Baby von Frau Jensen angeguckt haben.

»Es ist ein kleines Mädchen«, sagte er. »Und weißt du was, Mami, sie hat schon Augen.«

*»Ich würde dir wirklich gern diese schwere Tüte tragen.
Aber du weißt ja, wie die Leute in so einer kleinen Stadt
wie der unseren reden!«*

*»Das ist der dritte Tag, an dem du betrunken nach Hause kommst.
Noch einmal, und ich reiche die Scheidung ein!«*

WENN ZWEI
EIN DUO SIND ...

Michael hat Rhythmus in der Schule, und mein Papa hat ihm wirklich super Bongo-Trommeln mitgebracht, um damit Bongo-Rhythmus zu machen.

Man kann es im ganzen Haus hören, wenn er übt. Unser cleverer Onkel Karl-Heinz interessiert sich auch sehr für Musik, weil er Akkordeon spielt. Gestern war er bei uns zu Besuch. Als er eine Menge von Michaels Bongo-Trommelei gehört hatte und es nicht mehr so gut ertragen konnte, hat er Michael auf seinen Schoß genommen und versucht, ihm eine Menge über Musik beizubringen.

»Okay, Michael, laß mich mal sehen, wieviel du weißt. Wenn zwei ein Duo sind und drei ein Trio bilden und vier ein Quartett darstellen, was sind denn dann fünf und sechs?«

»Oh, na klar«, sagte Michael, nachdem er ein bißchen nachgedacht hat, »fünf und sechs sind elf!«

 # KÖNIGSTIGER

Heute ist unsere Klasse in den Zoo gegangen, um sich all die Tiere anzusehen. Das schönste Tier heißt Königstiger. Es ist aber auch das gefährlichste. Es kommt von einem Ort, der Bengalen heißt. Nicht, wie Rudolf gesagt hat, von einem Ort, der BITTE NICHT FÜTTERN heißt. Fräulein Blumenberg hat gesagt, daß der Königstiger sehr, sehr gefährlich ist und drüben in einem Land, das Indien heißt, manchmal so gefährlich ist, daß er sogar Menschen frißt. Nachdem sie all das über den Königstiger erzählt hatte, hat Ursula sich gemeldet:

»Ja, Ursula, möchtest du eine Frage stellen?« sagte Fräulein Blumenberg.

»Ja, Fräulein Blumenberg«, sagte Ursula. »Wenn der Königstiger ausbricht und Sie auffrißt, mit welchem Bus müssen wir dann nach Hause fahren?«

*»Ich grabe ein paar Regenwürmer aus,
um die Vögel im Zoo zu füttern!«*

EINER VON
FRAU BLUMENBERGS
STARKEN MIGRÄNE-TAGEN

Frau Blumenberg hatte heute einen ihrer Migräne-Tage, und sie konnte kaum einen Ton ertragen, so starke Kopfschmerzen hatte sie, wahrscheinlich weil die Jungen aus der neunten Klasse sie ziemlich geärgert haben.

Als wir in der letzten Stunde zu viel Krach gemacht haben, hat sie gesagt:

»Ihr kriegt morgen Bonbons, wenn ihr alle so leise seid, daß man eine Nadel fallen hören kann.«

Also waren wir alle mucksmäuschenstill. Für ganze fünf Minuten konnte man nicht ein einziges Geräusch hören. Aber dann konnte Irene sich nicht mehr zurückhalten und hat ganz aufgeregt gefragt:

»Wann fällt denn die Nadel endlich?«

IST DAS
NICHT FANTASTISCH?

Es waren noch fünf Minuten bis zum Klingeln, und wir konnten machen, was wir wollten. Herman hat einige Dinge in seinem neuen Kalender gelesen.

»Ist das nicht fantastisch, Frau Blumenberg«, sagte er. »In meinem Kalender steht, daß, wenn es hier, wo wir leben, zwölf Uhr ist, dann ist es drei Uhr in San Francisco und vier Uhr in Mexiko und sieben in Buenos Aires und zehn in Reykjavik und elf in London. Das ist ein Ding, finden Sie nicht? Ich meine, daß wir in der einzigen Stadt leben, in der es genau zwölf ist, wenn es zwölf ist!«

DER
ALTE ÄGYPTER

Manchmal gehen Mama und Papa mit uns in ein Museum, um da rumzulaufen und sich alte Dinge in großen Räumen anzugucken. Da gibt es so viel zu sehen, daß es Stunden dauern kann, bis wir endlich in die Cafeteria kommen, wo wir Eis und Kakao und solche Dinge kriegen.

Letzten Sonntag sind wir in das Museum der natürlichen Geschichte gegangen. Als wir in die Ägyptische Abteilung kamen, interessierte Michael sich sehr für eine große Kiste, die aufrecht auf einem Ende stand. Papa sagte, daß das eine Mumie ist, von Amenhotep, dem Vierten. Die Mumie war völlig eingehüllt.

»Was ist dadrin?« fragte Michael.

»Es ist eine mumifizierte Mumie, das sind die Überreste einer Person zur Zeit der Pharaonen im antiken Ägypten.«

119

»Mami, ist es schon Zeit zu baden?«

Michael entdeckte dann ein kleines Schild mit einer Nummer darauf: Katalog Nr. BM-882349.

»Hmm. BM-882349«, sagte Michael begeistert. »Ist das die Autonummer von dem Typen, der rübergefahren ist zu den alten Ägyptern?«

ES IST SEHR, SEHR KALT OBEN IN GRÖNLAND!

In Geographie hat uns Herr Berner heute etwas über die wärmsten und die kältesten Länder auf der Erde erzählt.

»Zum Beispiel kann es in Grönland sehr, sehr kalt werden, wo ich als junger Lehrer war«, sagte er. »Oben in Thule, in Nordgrönland, ist es normal, daß die Temperatur auf 40 Grad unter Null fällt.«

Und dann zog er eine Zeitung aus seiner Aktentasche und sagte:

»Wir können einmal nachschauen, wie kalt es da jetzt ist. Es sind jetzt wahrscheinlich so 30–35 Grad minus… nein, ist es nicht… das ist seltsam, es sind nur 18 unter Null.«

»Dann sind da alle Kinder überglücklich«, rief Otto aus der letzten Reihe, »die haben bestimmt hitzefrei bekommen!«

EIN
KIEFERBRECHER

Michael und ich und ein paar andere Kinder haben am anderen Ende der Straße Fußball gespielt, als der Ball plötzlich in einem Garten landete, wo er normalerweise nicht hingeschossen wird. Wir wußten nicht, wer da wohnt. Ich wollte auch nicht nach dem Ball schauen. Otto und Werner wollten auch nicht. Also haben wir Michael hingeschickt.

»Aber du solltest lieber gucken, ob jemand zu Hause ist, dann kannst du höflich nach dem Ball fragen«, sagte ich.

Also ist Michael zur Haustür gerannt und hat geklingelt. Eine alte Dame hat die Tür geöffnet, und Michael war sehr höflich.

»Könnte ich vielleicht unseren Ball aus Ihrem Garten wiederhaben? Es tut uns leid, aber wir haben ihn aus Versehen dahin geschossen!«

Die alte Dame lächelte und sagte, daß sie wirklich glücklich sei, daß Michael sie gefragt hat und nicht einfach in den Garten gegangen ist, um ihn zu holen. »Geh und hole deinen Ball, Kleiner. Und wenn du ihn gefunden hast, dann komm noch mal zurück zur Tür.«

Michael hat den Ball schnell gefunden. Dann lief er wieder zur Haustür, wo die alte Dame stand und eine Dose harter Kekse in der Hand hielt.

»Papa, hilf mir, Mama macht eine Gehirnwäsche mit mir!«

»Sie sollten jetzt sofort nach Hause kommen, denn in spätestens
fünf Minuten wird der Babysitter weg sein!«

»Du kannst den größten nehmen«, sagte sie. Also hat Michael einen Kieferbrecher genommen, hat ihn in den Mund gesteckt und mit aller Kraft angefangen, auf ihm herumzukauen.

»Also, was sagst du?« fragte die alte Dame.

Und Michael sagte: »Yum-Yum!«

DER
JÜNGSTE TAG

Ich weiß, was ein Weihnachtstag ist, ein Ostersonntag und ein Pfingstsonntag, aber bis gestern wußte ich nicht, was der Jüngste Tag ist. Im Religionsunterricht hat Fräulein Blumenberg uns etwas über den Jüngsten Tag erzählt.

»Es ist der allerletzte Tag«, sagte sie. »An diesem Tag wird alles zu einem Ende kommen. Das Wetter wird furchtbar sein. Es wird donnern und blitzen, und die Flüsse werden über die Ufer treten. Es wird Tornados und Taifune geben. Große Feuer werden den Himmel erhellen. Alle Vulkane der Erde werden ausbrechen und Feuer und Lava spucken, und alles wird in einem großen Inferno enden. Die Berge werden zerbröckeln, und die ganze Erde wird in eine totale Dunkelheit versinken ...«

Rudolf zeigte auf. Da gab es etwas, was er klarstellen wollte.

»Ja, Rudolf. Hast du eine Frage?«

»Ich wollte nur wissen, ob wir am Jüngsten Tag einen Tag schulfrei haben?«

EINE
WICHTIGE FRAGE

Ich sollte Michael heute von der Schule mit nach Hause bringen. Und als es schellte, wartete ich vor dem Raum der ersten Klasse da, wo er meistens Unterricht hatte, auf ihn. Er war einer der letzten, die rauskamen, und er war schon unterwegs, als ihm plötzlich etwas eingefallen ist und er auf seine Klassenlehrerin wartete.

»Frau Meyer«, sagte er. »Würden Sie mir bitte sagen, was wir heute gelernt hąben!«

»Was ihr heute gelernt habt? Warum willst du das denn wissen?«

»Wenn ich nach Hause komme, fragt meine Mutter mich immer: Na, was hast du denn heute in der Schule gelernt?«

»Komm, laß uns Tarzan, König der Affen, spielen! Ich bin Tarzan, und
du spielst das Krokodil, auf das ich springe und mit dem ich ringe!«

RUDOLFS
GROSSER BRUDER KRIEGT
ARBEITSERFAHRUNG

Rudolfs großer Bruder Karo ist in der neunten Klasse. Zum zweiten Mal, weil er einmal sitzengeblieben ist. Seine Klasse verbringt jetzt eine Woche, um Arbeitserfahrung zu kriegen, und Karlo gefällt das sehr. Er suchte sich das Postamt aus, um dort Arbeitserfahrung zu sammeln, weil er einmal eine Laufbahn als stellvertretender Briefträger einschlagen will. Er hat jahrelang Wochenzeitungen und Supermarkt-Werbezettel ausgetragen, so daß er eine Menge über solche Zustellungsdinge weiß.

Gestern war ich drüben zum Spielen bei Rudolf, und als ich wieder nach Hause kam, hat Mama mich gefragt, wie es mit der Arbeitserfahrung von Karlo aussieht.

»Dem gefällt das richtig gut, Mami«, sagte ich. »Gestern durfte er sogar einen Stempel auf einen Brief machen, der bis nach Südamerika geht.«

DIE SCHNECKE
UND DIE HUMMEL

In Naturkunde hat Herr Lind uns alles über Schnecken, schwarze Larven, eßbare Schnecken und so was erzählt. Er hat uns auch erzählt, wie die Schnecke sich fortbewegt, und deshalb ist es gar nicht so seltsam, über das Schneckentempo zu sprechen, wenn irgendwelche Dinge sehr langsam vorangehen.

Dann hat Stefan aufgezeigt.

»Darf ich einen guten Witz erzählen?« hat er gefragt.

Stefan weiß eine Menge gute Witze, und wenn er mit dem Erzählen fertig ist, dann lachen wir fast immer.

»Okay«, sagte Herr Lind, »aber nur, wenn es ein wirklich guter ist.«

»Gut«, sagte Stefan. »Es war einmal eine Schnecke, die lag unter einem großen Pflaumenbaum. Sie begann an dem Stamm hochzukriechen, und nach einer ganzen Weile kam sie nur ein kleines Stück höher. Dann kam eine Hummel vorbeigeflogen.«

»Hey«, sagte die Hummel, »wo gehst du denn in einer solchen Eile hin?«

»Ich?« fragte die Schnecke. »Ich will mir da oben ein oder zwei Pflaumen pflücken. Ich liebe nämlich Pflaumen!«

»Und jetzt schubs mich von der anderen Seite an,
aber diesmal nicht so doll!«

»Aber«, sagte die Hummel, »die Pflaumen sind doch noch gar nicht reif!«

»Ich weiß«, antwortete die Schnecke. »Aber sie werden reif sein, wenn ich da oben ankomme.«

 ## DAS STÄRKSTE KIND AUS DER KLASSE

Gisela stand in der Pause in einer Ecke und weinte. Also holten ich und ein paar andere Kinder den Lehrer, der gerade Aufsicht hatte. Und er fragte, was los sei.

»Rudolf hat mich geschlagen«, sagte sie. Also schnappte sich der Lehrer Rudolf.

»Hast du Gisela geschlagen?« fragte er.

»Ich?« fragte Rudolf. »Nein, nicht richtig. Ich habe ihr nur einen kleinen Klaps gegeben und so was.«

»Findest du nicht, daß das ein bißchen unter deiner Würde ist, als der stärkste Junge aus der Klasse ein Mädchen zu schlagen?«

»Sicher, das ist es. Aber wir hatten in der letzten Stunde Religion, richtig? Und jetzt in der Pause habe ich Gisela gefragt, ob sie Adam und Eva mit mir spielt. Uns sie hat okay gesagt. Aber sie hat den dicken saftigen Apfel, den sie von zu Hause mitgebracht hat, selber gegessen ... anstatt mich damit zu verführen.«

MORGEN-
UND ABENDGEBET

In Religion hat Frau Blumenberg uns heute gefragt, wer von uns vor dem Schlafengehen betet. Einige von uns haben ich gemeldet.

»Und wer von euch betet morgens, wenn ihr aufsteht?« fragte Fräulein Blumenberg. Diesmal waren es nur ein paar von den Mädchen, die sich gemeldet haben.

»Was ist mit dir, Irmgard?« sagte Fräulein Blumenberg, weil Irmgard sich richtig eifrig gemeldet hat, als nach den Abendgebeten gefragt wurde. »Betest du denn morgens nicht?«

»Nein«, sagte Irmgard, »tagsüber regel ich die Dinge selbst.«

ANJAS DUMME
SOMMERSPROSSEN

Anja ist heute in der Schule wegen ihrer Sommersprossen aufgezogen worden… Das passiert immer. Als sie nach Hause kam, hat sie sich vor den großen Spiegel unten in der Halle gestellt, und ich habe sie

»Kann ich so lange rausgehen und spielen,
bis es Zeit für den Nachtisch ist?«

da getroffen, wie sie wirklich beunruhigt hineinge-
schaut hat.

»Grrr«, sagte sie, »diese dummen Sommersprossen!«

Genau in diesem Augenblick kam meine Mama
aus dem Wohnzimmer. Sie hörte, was Anja gesagt
hat, also sagte sie: »Ich garantiere dir, daß du, wenn
Sommersprossen für einen Dollar das Stück in Kos-
metikabteilungen verkauft würden, mich so lange
damit nerven würdest, bis ich dir erlauben würde,
welche zu kaufen.«

DER
DORFSCHMIED

Michael war für ein paar Wochen in einem Ferienlager, und als er nach Hause kam, hatte er so viel zu
erzählen, daß er erzählte und erzählte. Mich interes-
sierten all die Einzelheiten nicht, also hat er Mama
alles über jede Kleinigkeit, die er erlebt hat, erzählt.

»Und, Mami«, sagte er beim Abendessen, »als ich
im Ferienlager war, weißt du was? An einem Tag
sind wir alle in ein kleines Dorf gegangen. Und da
war ein Mann, der hat Pferde gemacht. Keine Schau-
kelpferde, sondern richtige, lebende Pferde.«

»Das muß ein Schmied gewesen sein«, sagte
meine Mama. »Aber ich glaube nicht, daß er das
ganze Pferd selber gemacht hat.«

»Doch, Mama, hat er. Als wir dahin kamen, hat er gerade eins fertiggemacht. Das letzte, was er noch machen mußte, war, ihm die Füße anzunageln.«

DU BIST
SCHON ZU HAUSE,
RUDOLF?

Ich bin heute mit Rudolf zusammen nach Hause gegangen, weil wir eigentlich bei ihm zu Hause spielen sollten. Seine Mutter war wirklich überrascht, als er in die Küche kam und seine Schultasche hinwarf.

»Du bist schon zu Hause?« fragte sie und sah auf die Küchenuhr. »Ist es nicht eine Stunde früher als gewöhnlich?«

»Ja, ist es«, sagte Rudolf. »Aber, das ist nur deshalb, weil ich heute bei keinem Lehrer nachsitzen mußte.«

EIN TYP NAMENS
SHAKESPEARE

In Englisch hat uns Fräulein Blumenberg heute etwas über einen Schriftsteller in England erzählt, einen Typ mit Namen Shakespeare. Sie hat am Abend

»Guck! Ich habe nur die Hand gewaschen, mit der ich esse!«

davor ein Stück von ihm im Royal Theatre gesehen.
Sie hat uns auch gesagt, daß er am selben Datum
geboren und gestorben ist. Und dann hat sie gefragt,
ob irgendeiner aus der Klasse auch so ähnlich lustige
Zufälle wüßte. Ursula wußte etwas.

»Ja«, sagte sie, »mein Vater und meine Mutter
haben am selben Tag geheiratet.«

 ## AUS DER SAHARA

Während wir unseren Kakao getrunken haben, fingen wir an, Rätsel und Witze zu erzählen. Michael
gab Mama das letzte Rätsel auf.

»Mama«, sagte er, »weißt du, welches Tier in der
Sahara lebt? Es hat zwei Höcker, geht auf vier Beinen, und es schlendert und es macht mäh, mäh, mäh,
mäh?«

»Es müßte eigentlich ein Kamel sein, aber ...«

»Es *ist* ein Kamel, aber es hat Ziegenpeter!«

»Ich weiß ein anderes«, sagte ich, während ich das
dritte Butterbrötchen nahm. »Es ist kein Rätsel, aber
es ist ein richtig guter Witz. Da sind zwei Eisbären,
die durch die Sahara trotten. Sie sind von einem ara-
bischen Zirkus weggelaufen. Einer von beiden sagte,
während er sich auf seine Hinterbeine stellte und
sich umsah: »Hier muß es aber sehr glatt gewesen
sein.« – »Was meinst du damit«, fragte der andere. –

»Mensch, du mußt dich doch nur mal umgucken. Die haben hier überall gestreut.«

RUDOLFS ZEUGNIS

Heute mußten wir unsere Zeugnisse mit nach Hause nehmen. Rudolf mußte auch. Und ich habe ihm versprochen, mitzukommen und bei ihm zu bleiben, während er es seinem Vater zeigte. Weil er einen Zeugen haben wollte, falls er eine Tracht Prügel bekommen würde.

Sein Vater las laut vor:
– Mathe, sagte er, durchgefallen.
– Schreiben, sagte er, durchgefallen.
– Lesen, sagte er, durchgefallen.
– Religion, sagte er, bestanden.

Rudolfs Vater sah ihn völlig überrascht an.

»Bestanden«, sagte er und trank sein Bier aus, »ein Teufel noch mal, willst du etwa Priester werden?«

»Papi, hast du Zeit, mir zuzuhören, bis ich bis zehntausend gezählt habe.«

»Ich mache in Mathe Fortschritte, Papi! Heute hat der Lehrer gesagt,
daß es nicht schlimmer werden kann!«

DIE WELT
DER AFFEN

Als ich aus der Schule kam, habe ich meine Schultasche weggestellt und mich auf die Küchenanrichte gesetzt.

»Mama«, sagte ich, »Weißt du, daß du einmal ein Affe warst? Das war vor ganz langer Zeit.«

»Worüber sprichst du?«

»Also, in unserm Naturkundeunterricht hat Herr Neumann uns erzählt, daß es vor vielen hundert Jahren – oder vielleicht waren es auch tausend Jahre – keine Menschen auf der Erde gab. Nur Affen, die oben in den Bäumen des Urwaldes lebten. Aber dann gab es einen Menschen, der Darwin hieß, und der hat herausgefunden, daß die Menschen überall auf der Welt vom Affen abstammen. Und Leute wurden, die auf zwei Beinen liefen und Feuer machten, wenn sie etwas zu essen kochen wollten.«

Michael war in die Küche gekommen und hat sich auch auf die Anrichte gesetzt, während ich erzählte. Dann mußte er seinen Senf dazugeben.

»Gut«, sagte er, »wer war der erste Mensch, der herausgefunden hat, daß er kein Affe ist, sondern eine richtige Person?«

Weil ich darauf keine Antwort wußte, war ich ganz schön sauer auf ihn. Also sprang ich von der Anrichte und verließ die Küche.

Auf meinem Weg nach draußen, sagte ich: »Niemand hat dich gebeten, deine Nase da reinzustecken, du dummes Kind! Oh, entschuldige bitte. Ich meine ... du dummer Affe!«

GOTT IST ÜBERALL

Im Religionsunterricht hat Fräulein Blumenberg uns heute erzählt, daß, auch wenn Gott nicht aus normalem Fleisch und Blut ist, so wie wir, und wir ihn nicht treffen und ihm nicht die Hand schütteln können, wir trotzdem wissen, daß er existiert. Er ist überall.

»Ja«, sagte Irmgard, ohne vorher aufzuzeigen. Sie konnte es nicht abwarten, es Fräulein Blumenberg zu sagen, und was sie sagte, war richtig: »Gestern war er bei uns zu Hause auf der Toilette!«

»Wo war ER?«

»Auf der Toilette, bei uns zu Hause!«

»Woher weißt du denn das so genau?«

»Also, Mama suchte Papa überall, denn sie hatte Beruhigungspillen für ihn, weil er ein bißchen Ärger mit seinem Magen hatte. Aber sie konnte ihn nicht finden! Da versuchte sie die Klinke der Toilettentür runterzudrücken und merkte, daß sie abgeschlossen war. Und dann habe ich selbst gehört, wie sie gesagt hat: ›Guter Gott, bist du immer noch da drin?‹«

142

»Ein ruhiger Nachtschlaf sollte zu den Menschenrechten gehören!«

DER
SCHWANENSEE

Fräulein Blumenberg war gestern abend beim Ballett und hat Schwanensee gesehen, und heute hat sie uns davon erzählt, und daß es sehr schön war, und sie hat ihr schönes Programm rumgegeben. Auf der Titelseite war ein wirklich schönes Bild von einer Dame, die Fräulein Blumenberg Primaballerina nannte. Auf dem Bild tanzte sie auf ihren Zehenspitzen, und hinter ihr waren ein paar andere Tänzerinnen, die auf ihren Zehenspitzen standen. Konrad sah sie sich lange an.

»Können sie mir etwas erklären, Fräulein Blumenberg?« fragte er dann. »Wie kommt es, daß sie nie Tänzerinnen finden, die groß genug sind?«

DAS MÜSST IHR
EUCH ANHÖREN

Susanne hat heute in der Schule eine gute Geschichte erzählt, und als wir nach Hause kamen, habe ich sie beim Essen meiner Mama und meinem Papa erzählt. Auch wenn ich am Tisch normalerweise nichts sagen darf.

»Das müßt ihr euch anhören«, sagte ich. »Vor langer, langer Zeit, als noch niemand lesen oder schreiben konnte – okay? – Also, da baute der König eine Schule. Und eines Tages sagte der König: ›In Ordnung, und jetzt müssen wir jeden erfassen.‹ Die Studenten fingen an, und jeder machte ein x auf die Liste, weil sie ja nicht schreiben konnten. Aber am Ende war einer, der machte zwei x auf die Liste.

›Warum hast du das gemacht?‹ fragte der Abgesandte des Königs.

›Also‹, sagte der Mann, der die zwei x darauf gemacht hatte. ›Ich mußte, weil ich der Schuldirektor bin!‹«

KAMELE
UND LEHRER

Herr Neumann, unser Kunst- und Handwerkslehrer, kann es manchmal nicht ertragen, wenn wir ihn ein bißchen auf den Arm nehmen. Aber wir wissen, wann Schluß ist. Heute hat Angelika ihn gefragt:

»Herr Neumann, wissen Sie, warum Kamele in der Wüste sind und Lehrer in der Schule?«

»Nein!«

»Soll ich es Ihnen sagen? Als Gott Kamele und Lehrer geschaffen hat, da hatten die Araber die erste Wahl!«

»Wenn mich jemand sucht, ich bin in Bobbys Hundehütte!«

SONNTAGMORGEN ZU HAUSE

Anjas Abschlußaufsatz für dieses Schuljahr hieß ›Sonntagmorgen‹! Hier ist er:

»Wenn wir sonntags morgens wach werden, dann krieche ich in das Bett von meiner Mutter. Und Jakob klettert in das Bett von meinem Vater. Und dann liegen wir einfach nur da und lassen es uns gutgehen, als wären wir König und Königin in einem Packen Karten. Michael trampelt herum, als wäre er das Herz-As. Was in gewisser Weise auch stimmt, weil er der Jüngste ist. So schön ist es sonntags morgens bei uns zu Hause. Ende!«

DIE KLEINEN GOLDFISCHKINDER

In der Schule haben wir immer totalen Spaß dabei, Rätsel zu raten. Genauso ist es auch in Michaels Klasse. Also probieren wir immer die neuen bei unserer Mama aus. Aber sie rät sehr selten die richtige Antwort.

»Möchtest du ein gutes hören, Mama?« fragte

Michael gestern, nachdem wir aus der Schule wieder da waren und eine Kleinigkeit mit Mama in der Küche gegessen haben. »Zwei Ameisen sind auf einer Küchenanrichte herumgerannt. Eine von beiden ist auf dem Schneidbrett hingefallen. Weißt du, was die andere gesagt hat?«

»Nein. Was hat sie denn gesagt?«

»Vorsicht!«

Ich wußte auch ein gutes.

»Okay, Mami! Weißt du, was außen haarig ist und innen mit Milch gefüllt und was ›schnief-schnief‹ sagt?«

»Hat das vielleicht etwas mit einer Kuh zu tun?«

»Nein, es ist eine Kokosnuß mit einer schlimmen Erkältung!«

»Ich weiß auch noch eins«, sagte Michael eifrig. »Weißt du, was auf einem Bein stehen kann, mit den Ohren wackelt und ›wau-wau, miau‹ sagt?«

»Ich gebe auf!«

»Das bin ich. Wau-wau, miau!«

Ich war auf dem Weg nach draußen, um spielen zu gehen, als mir das beste einfiel.

»Hier ist das letzte, Mama... Weißt du, warum die kleinen Goldfischkinder oft von ihrer Goldfischmutter den Hintern versohlt bekommen?«

Mama schüttelte den Kopf und gab auf.

»Weil sie nachts nicht trocken bleiben!«

»Hey, Papi, ich war heute den ganzen Tag nur dreimal ungezogen!«

RUDOLFS MASERN

Rudolf schwänzt manchmal die Schule. Wenn er abwesend ist, dann muß er am nächsten Tag ein Schreiben mitbringen, das erklärt, warum er nicht da war. Er sagt, daß seine Mutter und sein Vater immer arbeiten sind und daß sie zu müde sind, eine Entschuldigung zu schreiben, wenn sie nach Hause kommen.

Gestern hat Rudolf blaugemacht und als er heute zur Schule kam, hat Fräulein Blumenberg ihn gefragt:

»Hast du eine Entschuldigung von zu Hause mitgebracht?«

»Nein«, sagte Rudolf. »Ich dachte, daß sei nicht nötig, weil ich genau wußte, was ich hatte.«

»Also, was war los?«

»Ich hatte die Masern!«

»Wirklich! Hör mal, Masern sind eine ernste Krankheit, und sie dauern mindestend eine Woche! Wie kann es sein, daß es dir nach nur einem Tag schon so viel bessergeht?«

Rudolf wußte, warum.

»Das ist deshalb, weil ich nicht viele Masern hatte, nur zwei, drei ganz kleine!«

SELBSTGEMACHTE PLÄTZCHEN

Ich und Anja haben auf dem Bazar in der Schule Plätzchen verkauft. Das waren Mamas köstliche selbstgemachte Vanillekipferl, die sie immer backt. Und wir durften kein einziges davon selber essen, weil sonst die Beutel zu klein würden. Anja versuchte, einer Frau einen Beutel Plätzchen zu verkaufen, die keine fünfzig Cents dafür ausgeben wollte, weil sie sagte, sie wäre auf Diät.

»Okay«, sagte Anja. »Ich weiß eine Lösung. Kaufen Sie den Beutel einfach trotzdem. Jakob und ich werden uns um die Plätzchen kümmern, und Sie haben etwas für einen guten Zweck getan.«

KRIEG MACHT GESCHICHTE

Wenn wir die Nachrichten im Fernsehen sehen, sind wir nicht alle an denselben Dingen interessiert. Mama interessiert sich für alle Themen, die etwas damit zu tun haben, wie man neue Gerichte zubereitet. Und sie liebt auch die Neuigkeiten über die Königshäuser,

»Du kannst es genauso gut von mir hören. Für das, was ich getan habe, bin ich ohne Abendessen und Gute-Nacht-Geschichte ins Bett geschickt worden.«

»Papa, du solltest besser die Seitenfenster nach oben kurbeln!«

wie z.B. Dinge über die englische Prinzessin. Sie kommt auch dann ins Wohnzimmer gerannt, wenn wir ihr zurufen, daß schon wieder Salmonellen in Hühnchen oder Schweinefleisch gefunden wurden.

Anja interessiert sich nur für Nachrichten über die neuesten Modeschauen, weil sie Model werden will, wenn sie groß wird.

Michael und ich sehen am liebsten Nachrichten über Kriege und alles mit Panzern und Kanonen, die Häuser in die Luft jagen, und über Soldaten, die auf ihren Bäuchen liegen und auf andere Soldaten schießen.

Papa interessiert sich nur für den Wetterbericht. Er schaut sich nicht viel anderes an, denn er liest nebenbei die Zeitung.

Gestern gab es keine Modeschau. Fast alle Nachrichten waren über Krieg.

»Wie könnt ihr euch nur solchen Blödsinn ansehen?« schnauzte Anja. »Ich kann Krieg nicht ausstehen. Kriege sind die Geschichten, aus denen Geschichtsbücher gemacht werden... und wenn ich irgendwas in der Schule hasse, dann ist es Geschichtsunterricht!«

EINE GESCHICHTE
ÜBER RUDOLFS PAPA

Nach der Schule bin ich heute mit zu Rudolf nach Hause gegangen, um mit ihm zu spielen. Aber dann hat sein Vater ihn gerufen. Rudolfs Vater ist für eine lange Zeit von der Arbeit entlassen, und deshalb hat er eine Menge Zeit, ihn zu sich hereinzurufen. Nach einer Minute kam Rudolf wieder raus und sagte, daß er mal schnell zum Nachbarn gehen müsse, um für seinen Vater einen Fünfziger zu wechseln, also bin ich mit ihm gegangen.

»Hey, Frau Meier«, sagte er, »mein Vater schickt mich, Sie zu bitten, ob Sie einen Fünfziger in fünf Zehner oder in zehn Fünfer wechseln können. Wie, ist egal!«

Also ist Frau Meier hineingegangen, und sie kam wieder raus und gab Rudolf fünf Zehner. Und dann sagte Rudolf, daß das klasse ist, und dann sind wir wieder durch das Gartentor hinausgegangen, aber Frau Meier rief hinter uns her:

»Einen Moment bitte, Rudolf«, sagte sie, »was ist mit dem Fünfziger?«

»Oh, klar, der«, sagte Rudolf, »ich soll Ihnen sagen, daß mein Vater damit selber rüberkommt, aber das dauert noch ein bißchen, er muß erst zum Sozialamt gehen!«

»Mami ... wann wirst du lernen, wie man ein Auto richtig fährt?«

WAS GESCHIEHT EIGENTLICH AM ENDE MIT DEN AMEISEN?

In Biologie hat Herr Neumann heute über die Ameisen gesprochen. Wie schwer sie arbeiten, wie sie ihre Nester bauen, zum Beispiel unter den Steinplatten im Garten. Und über die Königin, die die Eier legt und von allen anderen Ameisen gefüttert wird. Und der ganze Kram. Und dann fragte er uns, ob einer von uns wüßte, was am Ende mit den Ameisen passiert?

»Klar«, sagte Irene. »Sie laufen über die Steinplatten, und dann kommt jemand und tritt sie tot.«

WIE VERKAUFT MAN LOTTERIELOSE?

Michaels Klasse sollte Lotterielose verkaufen, um für das Sommercamp zu sammeln, und er bekam zehn Lose, die er verkaufen sollte, obwohl meine Mutter gesagt hat, er soll nicht mehr als fünf nehmen, weil es für so ein kleines Kind ganz schön schwer ist, sie zu verkaufen. Aber Michael hat sie alle verkauft – bevor er nach Hause kam.

»Das ist wirklich toll«, sagte Mama. »Wie viele Leute mußtest du denn ansprechen, bevor sie alle ausverkauft waren?«

»Nur einen«, sagte Michael und sah richtig stolz aus. »Nur den Mann unten an unserer Straßenecke. Er hat sie alle gekauft, weil sein großer Hund mir ein dickes Loch in meine Hose gebissen hat!«

EIN ABEND
IN DER OPER

Zum ersten Mal in unserem Leben sind Michael und ich zu einem Konzert mitgenommen worden. Mit einem großen Orchester und einem Mann, der Placido Domingo heißt und da singen sollte, und einer Frau Carmen Silvano, die auch singen sollte. Mama nahm uns mit, weil Papa und Tante Olga nicht mitgehen konnten, und sie dachte, die Karten verfallen zu lassen, wäre eine Schande. Sie dachte auch, daß es gut für uns sei, diese Art Musik mal zu hören.

Mir wurde gesagt, daß ich während des Konzerts nicht reden dürfte. Michael wurde das auch gesagt, aber er konnte sich nicht zusammenreißen. Also mußte er Mama einfach eine Frage stellen.

»Da gibt es etwas, was ich nicht verstehe, Mama«, sagte er. »Warum steht der Mann da vorne mit einem Stock und bedroht das Orchester und die dicke Dame mit dem schwarzen langen Kleid?«

»Ich glaube, Jakob hat seine erste Freundin!«

»Er bedroht sie nicht«, flüsterte Mama, »er dirigiert sie.«

»Aber, Mama«, fuhr Michael fort, »wenn er die dicke Dame nicht bedroht, warum kreischt die denn dann so?«

WER HAT ANGEFANGEN, RUDOLF?

Rudolf und Big Simon aus der anderen dritten Klasse haben sich in der Pause geprügelt, und wir mußten den Lehrer holen, der Aufsicht hatte. Es war fast unmöglich, sie auseinander zu bekommen. Aber schließlich hat der Lehrer gewonnen und sie beide festgehalten, indem er jeden beim Sweatshirt gepackt hat und sie ein bißchen hin und her geschüttelt hat, um sie abzukühlen.

»Okay«, sagte er. »Sag mir bitte, wer angefangen hat, Rudolf, und warum?«

Rudolf wischte sich mit seinem Ärmel etwas Blut von der Nase.

»Es hat alles damit angefangen, daß Big Simon zurückgeschlagen hat!«

DIE
SCHWERKRAFT

Im Fernsehen habe ich einen Meteor gesehen, der vom Himmel fiel. Okay, ich habe ihn nicht wirklich fallen gesehen, weil er schon gefallen war. Das hat jedenfalls der Mann gesagt. Er wußte alles über Meteore. Er sagte, daß der Meteor wegen der Schwerkraft vom Himmel gefallen ist.

»Papa«, fragte ich, »was ist die Schwerkraft?«

»Die Schwerkraft der Erde, was auch manchmal als Anziehungskraft bezeichnet wird«, sagte er, »ist eine Kraft, die garantiert, daß du, wann immer du in die Luft springst, auch wieder runterkommst!«

»Auch wenn man sehr hoch springt?«

»Du kannst es ja selbst ausprobieren!«

Also bin ich aufgestanden und hochgesprungen und ganz egal, wie hoch ich gesprungen bin, ich bin immer wieder runtergekommen.

»Selbst wenn man sich wirklich ganz furchtbar anstrengt«, sagte ich, »kann man nicht sehr hoch springen. Da kann irgendwas nicht stimmen – mit der Schwerkraft der Erde.«

»Papa, kannst du vielleicht mit dem Ende der Geschichte anfangen?«

WAS WILLST DU EINMAL WERDEN, RUDOLF?

Frau Schumann hatte heute eine nette Unterhaltung mit uns, während der Gesangsstunde. Weil Charlotte gesagt hat, sie wolle einmal eine berühmte Opernsängerin werden, wenn sie groß ist. Susanne wollte Schauspielerin werden. Fritz wollte gerne U-Boot-Kapitän werden, David ein Bankdirektor, Konrad ein Langstrecken-Busfahrer nach Italien und überallhin. Und Irmgard wollte Miß Universum werden.

»Und was ist mit dir, Rudolf«, fragte Frau Schumann, »was würdest du gerne werden?«

»Ich?« sagte Rudolf und legte sein Donald-Duck-Heft zur Seite, »ich möchte einfach nur erwachsen werden!«

 ## ICH MUSS MAL

Wir haben einen neuen Schüler in unserer Klasse. Sein Name ist Boris. Er sagt nicht viel und scheint sehr schüchtern zu sein.

Gestern wurde er plötzlich ziemlich unruhig und rutschte auf seinem Sitz hin und her. Fräulein Blumenberg fragte ihn, ob etwas nicht in Ordnung sei.

»Ich muß mal Pippi«, sagte er.

»Gut, dann sieh zu, daß du auf die Toilette kommst.« Er stürmte aus der Klasse, war aber ein paar Minuten später wieder da und sah sehr aufgeregt aus.

»Was ist los?« fragte Fräulein Blumenberg.

»Es ist nicht da«, sagte er.

»Es ist verschwunden!«

Fräulein Blumenberg sah sich in der Klasse um und sagte:

»Jakob, würdest du Boris bitte helfen, die Toilette zu finden?«

Das tat ich auch. Wir sind aus der Klasse gerannt, und Boris sah sehr erleichtert aus, als wir wiederkamen.

»Und« fragte Fräulein Blumenberg, »habt ihr es gefunden.«

»Ja«, sagte ich. »Er wußte auch, wo die Toilette ist. Aber er hatte seine Unterhose falsch herum an!«

»Ich habe alle meine alten Spielsachen weggeschmissen. Jetzt habe ich Platz für die Dinge, die ich mir zum Geburtstag wünsche!«

»Ich habe ihm gesagt, er könne ja einen Wunschzettel
für seinen Geburtstag schreiben!«

AUSGANG

Die ganze Klasse war heute im Nationalmuseum, um die Sammlung zu besichtigen. Von der Steinzeit und der Eisenzeit und der Bronzezeit und den ganzen Werken, und wir waren fast drei Stunden da. Als wir nach Hause kamen, hat meine Mama mich gefragt, was wir gesehen haben.

»So viel«, habe ich gesagt, »aber das Beste war, daß alle anderen mir zugejubelt haben!«

»Kein Witz! Warum haben sie gejubelt?«

»Weil ich der einzige war, der es geschafft hat, den Ausgang zu finden!«

ICH HABE
EINEN ELEFANTEN
ERSCHOSSEN

Rudolf hat mir heute seine neue Steinschleuder geliehen, weil er sie nicht benutzen darf. Er hat krank im Bett gelegen, mit einer Halsentzündung oder mit Bauchschmerzen oder irgendwas dazwischen. Er hätte im Bett bleiben können und trotzdem durch das offene Fenster auf Spatzen schießen können, aber seine Mutter hatte ihm das nicht erlaubt. Also habe ich mir seine Schleuder ausgeliehen. Den ganzen Nachmittag haben Konrad und ich damit auf Spatzen geschossen. Aber es war nicht einfach. Am nächsten dran waren wir, als wir fast Tabby getroffen hätten, aber der hat sich erschrocken und ist wie der Blitz weggerannt. Aber wir hatten trotzdem tierischen Spaß, weil im Hinterhof, nahe dem Heizungsraum, einige Männer ein riesiges Loch gegraben haben, denn mein Vater wollte den Öltank ausgegraben und weggebracht haben. Aber dann kamen Ursula und Irene und der kleine Benjamin vorbei, als die Männer gerade dabei waren, das Loch wieder zuzuschaufeln. Und sie fragten, was sie da begraben hätten. Uns so haben wir gesagt, daß wir einen toten Elefanten begraben müssen.

Aber sie haben uns nicht geglaubt, und deshalb haben sie einen von den Männern gefragt, ob das stimmt.

»Und, weißt du was, Papi«, sagte ich, als ich meinem Vater später davon erzählt habe. »Der Mann hat gesagt, daß das wirklich stimmt… daß ich mit meiner Steinschleuder einen Elefanten erschossen habe. Er wurde am Hinterteil getroffen, so daß der Elefant eine Rolle vorwärts gemacht und sich das Genick gebrochen hat. Das hat der Mann gesagt, Papa!«

»Mami, bitte komm mal, ich kann nicht einschlafen!«

»Glaubst du, wir haben genug Kuchen, Mami?«

HEY, KIDS,
HAT IRGEND JEMAND
EINE KAROTTE ÜBRIG?

Irmgard hat immer eine Karotte in ihrer Lunchbox. Beim Mittagessen haben wir heute zusammen gesprochen, und sie hat mir etwas von einem kleinen, schlauen Kaninchen erzählt, das in der Nähe einer Schule lebte. Jeden Tag ist es während des Mittagessens gekommen und hat seinen Kopf in den Essensraum gesteckt und gefragt:

»Hey, Kids, hat irgend jemand eine Karotte übrig?«

Es hat immer eine Karotte oder zwei gekriegt, weil das seine Lieblingsspeise war, und nicht die der Kinder. Doch eines Tages hatte der Direktor wirklich die Nase voll davon, daß das Kaninchen immer in der Schule herumlief, und so hat er es die Treppe heruntergejagt. Aber das arme Ding ist voll vor eine Tür gerannt und hat die Vorderzähne dabei ausgeschlagen.

Das ist aber wirklich schlimm für das Kaninchen, dachte sich der Direktor, andererseits kann es jetzt wenigstens keine Karotten mehr essen! Also waren wir es los. Aber am nächsten Tag schneite das kleine Kaninchen während des Mittagessens in den Essensraum herein.

»Hey, Kids«, sagte es, »hat zufällig irgendeiner Karottensaft?«

SEHR BEHAART

Gestern hat uns Tante Annette besucht. Sie besucht uns nicht sehr oft, weil sie in einer anderen Stadt wohnt.

Zuerst wollte sie Michael an sich drücken und ihm einen Kuß geben, aber sie mußte ihn ein Stück wegschubsen. »Großer Gott, Michael«, sagte sie, »hast du dich mal angesehen? Du hast ja das Gesicht mit Marmelade beschmiert! Keine Tante wird einen Jungen küssen, der so aussieht!«

»Das ist schon in Ordnung!« sagte Michael und rannte zurück in die Küche, um sein Marmeladenbrot aufzuessen.

Später, als Tante Annette mit Mama im Wohnzimmer saß und Kaffee trank, hat Tante Annette gesagt, daß ich ganz schön gewachsen bin, seit sie mich das letzte Mal gesehen hat.

»Du bist ja fast alt genug, dich zu rasieren!« sagte sie.

»Ich werde mich niemals rasieren, Tante Annette«, sagte ich und mußte dabei an Papas harte Stoppeln morgens denken. »Wenn bei mir ein Bart wächst, weißt du, was ich dann machen werde?«

Tante Annette sagte, daß sie das nicht wisse, aber ich wußte es, weil ich gehört habe, wie Rudolf es gesagt hat:

»Ich schlage alle Stoppeln mit einem Hammer

172

»Nimm diesen Weltraumhelm ab, damit Tante Mary
dir einen Gute-Nacht-Kuß geben kann!«

wieder in meine Backe, und dann beiße ich sie alle von innen ab!«

EINE NACHRICHT VON RUDOLFS MUTTER

Fräulein Blumenberg hat Rudolf gestern ein paar auf die Finger gegeben, weil er so viel Blödsinn gemacht hat, daß wir nichts geschafft haben. Heute hatte er von zu Hause eine Nachricht mit. Wir mußten es alle lesen, bevor er es Fräulein Blumenberg gegeben hat. Seine Mutter hat mit einem Bleistift folgendes auf ein Stück Papier geschrieben:

»Fräulein Blumenberg. Mein Mann und ich können es nicht dulden, daß Sie Rudolf schlagen. Wenn Sie es noch einmal machen, dann müssen wir uns bei der Schulleitung beschweren. Sein Vater und ich schlagen ihn zu Hause nie. Außer im Selbstverteidigungsfall. Hochachtungsvoll Rudolfs Mutter.«

DIE REICHEN
UND DIE ARMEN

Wir haben alle zusammen Fernsehen geguckt und eine Sendung über die Weltwirtschaft gesehen. Sie handelte davon, wie Kinder in armen Ländern leben und wie sie in reichen Ländern leben. Wir haben einige Kinder aus Indien gesehen, die mit ihren Fingern gekochten Reis aus einer riesigen Blechschüssel gegessen haben. Und wir haben Kinder aus anderen Ländern gesehen, die in einem Fast-Food-Restaurant saßen und Maxi-Burger gegessen haben, die sie mit Cola und Seven-up heruntergespült haben.

Als der Film zu Ende war, wollte Papa gerne wissen, ob wir etwas von der Sendung gelernt hätten. Also fragte er uns: »Könnt ihr mir ein Beispiel für Leute geben, die mehr ausgeben, als sie eigentlich müßten, besonders wenn so viele Leute in armen Ländern wie Indien und Afrika leben, die nicht genug zu essen haben.«

Michael wußte kein Beispiel, aber ich wußte eins.

»Meinst du jemanden, der zuviel Geld ausgibt?« fragte ich, nur um klarzustellen, ob ich die Frage richtig verstanden habe.

»Ja, genau«, sagte Papa, »wer tut das?«

»Mama«, sagte ich.

»Mami, komm und guck! Herr Jensen packt den kleinen Henrik aus wie ein Paket!«

MICHAELS
LIEBLINGSMÄDCHEN

Mein Opa fragte Michael heute, wen er in der Klasse am liebsten mochte.

»Wenn es eins von den doofen Mädchen sein soll, dann gefällt mir, glaube ich, die Barbara am besten.«

»Und warum magst du sie am liebsten?«

»Weil sie immer Plätzchen für die Pause mit hat!«

»Aha, tauschst du vielleicht deinen Apfel gegen ihre Plätzchen ein?«

»Nein, warum, bist du verrückt, Opa! So dumm ist sie nun auch wieder nicht. Aber wir tauschen unsere Thunfisch-Sandwiches, weil wir jeder eins haben. Und keiner von uns mag es!«

TOUR DE FRANCE

Im Sportunterricht in der Schule, müssen wir manchmal eine Übung machen, die Herr Schubert ›Tour de France‹ nennt. Wir müssen uns auf den Boden auf den Rücken legen, die Beine zur Decke gestreckt, und dann müssen wir sie bewegen, als würden wir radfahren.

Wir müssen sehr schnell treten. Es ist ganz schön schwer, das lange zu machen, also verändert Herr Schubert die Übung ein bißchen, während wir sie machen. Plötzlich sagt er: »Jetzt ist es an der Zeit, einen steilen Bergpfad hinaufzufahren!« Und dann treten wir langsamer, aber viel schwerer.

Dann verändert er sie wieder, indem er sagt: »Jetzt ist es Zeit für den Endspurt!«

Und dann treten wir in der Luft, so schnell wie wir können, und wenn wir so richtig außer Atem sind, sagt er, daß wir die Ziellinie erreicht haben.

Alle, außer Rudolf gestern. Als wir beim Endspurt waren, lag er auf seinem Rücken, mit angezogenen Knien, die Füße auf dem Boden, sah zur Decke und bewegte sich nicht.

»Rudolf«, schrie Herr Schubert ihn an, »warum machst du den Endspurt nicht mit?«

Rudolf setzte sich auf und erzählte ihm, warum.

Er sagte: »Ich habe mir auf dem Bergpfad einen Platten geholt!«

»Beeilen Sie sich, Frau Jensen. Ihr Baby hat ein Leck!«

»Guten Morgen! Frühstück für zwei!«

EINE
AFRIKA-GESCHICHTE

Im Geographieunterricht haben wir heute über fremde Hilfe, für die Entwicklungsländer unten in Afrika, gesprochen. Und Alfred hat gesagt, daß sein Vater lange Zeit in Afrika war und all den schwarzen Leuten geholfen hat, Wasser aus einigen tiefen Quellen zu Tage zu pumpen. Und Gisela fragte, warum die schwarzen Leute nicht auch an den Handflächen und Fußsohlen schwarz seien, daß hat sie nämlich im Fernsehen selbst gesehen, an beiden Stellen sind sie weiß. Und dann fragte sie, warum weiße Menschen nicht schwarze Handflächen und Fußsohlen haben. Und darauf sagte Otto, daß einige weiße Leute das haben.

»Sieh dir Rudolf an«, sagte er.

Und dann lachte die ganze Klasse. Aber dann sagte Alfred, daß schwarze Menschen unten in Afrika sehr, sehr dicke Haut unter den Fußsohlen haben. Eines Tages, als eine schwarze Hausfrau Essen machte, mit einem kleinen offenen Feuer, trat sie zufällig auf ein Stück glühende Holzkohle. Alfreds Papa hat das gesehen und zu ihr gesagt:

»Hey«, sagte er zu der schwarzen Hausfrau, »Sie stehen auf einem Stück glühender Holzkohle!«

»Was?« sagte sie, »mit welchem Fuß denn?«

WÄSCHST DU
DICH EIGENTLICH NIE,
RUDOLF?

Eines Tages blieb Fräulein Blumenberg vor Rudolfs Pult stehen, weil er sich am Kopf kratzte, wo ihn irgend etwas juckte.

»Sag mal«, sagte sie. »Wäschst du dich eigentlich nie, junger Mann?«

»Warum?« fragte Rudolf.

»Na, man kann ohne Probleme sehen, was du gestern gegessen hast!« sagte Fräulein Blumenberg.

»Und, was habe ich gegessen?« fragte Rudolf mit lebhaftem Interesse.

»Spiegeleier«, antwortete Fräulein Blumenberg.

»Falsch«, sagte Rudolf schnell, »das war vorgestern!«

EXTRA-HÄNDE

Im Biologieunterricht hat Herr Berner uns heute etwas über die Affen erzählt. Er hat uns erzählt, wie gut Affen sich mit ihren Händen *und* Füßen festhalten können, wenn sie von Baum zu Baum springen.

»Ich habe dich den ganzen Tag so vermißt, Mami!
Wo ist denn der Kuchen, den ich probieren sollte?«

»Was sollte ich noch mal kaufen?
Ein Brot oder ein Eishörnchen?«

Und er hat gesagt, daß ihre Füße so etwas sind wie zwei Extra-Hände.

»Wenn das stimmt«, sagte Irene, »was ist denn dann, wenn kleine Affenkinder ins Bett gehen? Und ihr Nachtgebet sprechen sollen? Falten die dann auch ihre Füße?«

UNSER HERR
SCHLÄFT NIE

Michael stellt manchmal die seltsamsten Fragen. Er kann ganz still sitzen und vor sich hinstarren, und dann plötzlich stellt er irgendeine seltsame Frage. Er hat es gestern wieder getan, nachdem er ein Donald-Duck-Heft gelesen hatte und danach angefangen hat, in Anjas *Kinderbibel*, die eine Menge bunter Bilder enthält, zu blättern.

»Mama«, sagte er plötzlich, »stimmt es, daß Gott alles hört und sieht?«

»Das stimmt, Michael«, sagte Mama.

»Schläft er denn niemals?«

»Nicht so richtig«, sagte sie.

»Was ist mit den Engeln? Schlafen die auch nie?«

»Nein, ich glaube nicht!«

»Aber, Mama«, sagte Michael, »haben die denn im Himmel keine Gewerkschaft?«

WAS FÜR EIN
UNSINN, ANJA!

Anja war richtig sauer, als sie aus der Schule kam. Herr Krüger, ihr Klassenlehrer, war krank, und sie hatten einen Vertreter, der wirklich blöd war, und es war unmöglich, ihm zuzuhören und in einem Raum mit ihm zu sein.

»Wenn Herr Krüger morgen nicht wieder gesund ist«, sagte sie, »dann gehe ich nicht zur Schule.«

»Was für ein Quatsch«, sagte meine Mutter. »Herr Krüger kann doch nichts dafür, wenn er krank wird und zu Hause bleiben muß. Erinnerst du dich daran, als du die Grippe hattest und eine ganze Woche zu Hause bleiben mußtest?«

Anja war immer noch sauer.

»Sehr richtig, aber du hast nicht gesehen, daß ich statt dessen einen Vertreter hingeschickt habe, oder?«

*»Steh mal kurz auf, Mama! Ich glaube, die weiße Maus,
die ich von Rudolf geliehen habe, versteckt sich unter dem Kissen!«*

»Ein großes Glas Limonade und fünf Strohhalme, bitte!«

DIE ANPASSUNG
DER TIERE

Heute haben wir im Naturkundeunterricht etwas über die Fähigkeit der Tiere, sich anzupassen, gelernt. »Selbst wenn es in Afrika lange Trockenheitsperioden gibt, die dazu führen, daß die Flüsse austrocknen«, sagte Herr Neumann, »gibt es dort Fische, die überleben, indem sie sich ganz tief im Flußbett eingraben, wo es noch ein bißchen Feuchtigkeit gibt, und da bleiben sie, bis die Regenzeit wieder anfängt.«

Dann sagte er: »Und die Kamele in der Sahara können für lange Zeit ohne Futter und Wasser auskommen, weil sie ein Reservedepot in ihren Höckern haben, das sie versorgt.

Jetzt müßt ihr noch ein bißchen was über die außerordentliche Begabung einiger Tiere, sich an die Bedingungen anderer Länder anzupassen, erfahren. Aber welches von unseren Haustieren, glaubt ihr, ist am besten an unsere Umgebung und die Art und Weise, wie wir leben, angepaßt?«

Ich wußte die Antwort, und deshalb habe ich ganz schnell aufgezeigt.

»Es sind die Hühner!« sagte ich.

»Warum Hühner, Jakob?«

»Weil sie Eier legen können, die genau in die Eierkartons passen.«

WAS HAST DU
HEUTE IN DER SCHULE
GEMACHT?

Manchmal fragt mein Vater Michael, wie es in der Schule gelaufen ist. Weil Michael noch in der ersten Klasse ist und es wirklich aufregend ist, nach all diesem neuen Kram zu fragen. Er fragt mich nie. Immer nur Michael.

»Na«, sagte er heute, »was hast du heute in der Schule gemacht?«

»Ich?« fragte Michael. »Nichts!«

»Komm schon, du mußt doch irgendwas gemacht haben.«

»Okay, laß mich überlegen. In der letzten Stunde habe ich KATZE buchstabiert, und dann hat es geschellt.«

MEINE
AUFZIEHBARE MAUS

Oh, wie meine Mutter sich von dem guten alten Spielzeug befreien kann, wenn ich plötzlich damit spielen will. Entweder versteckt sie es im Keller oder auf dem Dachboden, oder sie gibt es weg oder

»Hast du nicht gesagt, du möchtest ein pinkfarbenes Telefon?
Also, dann komm rein und sieh es dir an!«

»Du hast Papas Lunchbox in meine Schublade getan.
Heißt das, daß du ihm meine Dose mit den Schnecken mit auf
seinen Angelausflug gegeben hast?«

schmeißt es in den Müll. Wirklich doof! Weil alle diese Dinge mal eine Menge Geld gekostet haben. Eines Tages hat Konrad ein ganzes Bündel an alten Spielzeug-Quittungen im Schreibtisch seines Vaters gefunden, denn sein Vater hebt solche Dinge immer auf. Konrad hat alles auf seinem Taschenrechner zusammengezählt, und eines Tages, als wir zusammengesessen und gespielt haben und dann plötzlich nicht mehr so genau wußten, was wir spielen sollten, sagte er: »Ich habe altes Spielzeug im Wert von 2850 Kronen, mit dem ich nicht mehr spielen möchte. Wieviel hast du?«

Gestern mußte ich etwas suchen, das meine Mutter weggeschmissen haben muß, denn ich habe überall gesucht und konnte es nirgends finden. Und dann kam meine Mutter rein und fragte mich, was »in Gottes Namen« ich denn suchen würde.

»Ich«, sagte ich, »ich suche den Schlüssel für meine aufziehbare Maus. Ich brauche ihn, um Tante Elfrieda ein bißchen zu ärgern, wenn sie heute abend zu Besuch kommt.«

WAS GEFÄLLT DIR
IN DER SCHULE
AM BESTEN, MICHAEL?

Unser netter Onkel Karl-Heinz ist heute zu Besuch gekommen, und als Michael aus der Schule kam, hat er ihm auf die Schulter geklopft und gesagt:

»Na, kleiner Michael, was gefällt dir denn in der Schule am besten?«

Michael überlegte eine Weile, wobei er die Stirn ziemlich runzelte. Und dann sagte er:

»Ich weiß nicht. Es gibt drei Dinge, die ich gleich gerne mag.«

»Wirklich? Und welche drei Dinge sind das, mein Junge?«

»Die Pause, die Schulglocke und die Ferien!«

UNGLAUBLICH

Herr Busse, unser Mathelehrer, hat uns heute gefragt, wieviel Taschengeld wir bekommen. Konrad war derjenige, der am meisten bekommt, aber sein Vater mußte das Geld die meiste Zeit für ihn zusammenkratzen, weil er lange arbeitslos war.

»Hast du meine Pfeife gesehen?«

»Tante Edna, Mama hat gesagt, auch wenn du geizig bist,
muß ich nett ›danke‹ sagen!«

Herr Busse hat die Zahlen an die Tafel geschrieben. Dann errechnete er den Durchschnitt für jeden Schüler, auch für die Mädchen. Dann schüttelte er traurig den Kopf.

»Unglaublich«, sagte er. »Ihr kriegt mehr Taschengeld in der Woche, als es gekostet hat, eure Großeltern großzuziehen.«

SPIELEN DIE
IM HIMMEL FUSSBALL?

Ich habe angefangen, Fußball zu spielen. Ernsthaft. Ich bin in der Youngster-Mannschaft im Fußballverein. Mein Trainer sagt, ich kann einmal ein Spitzenspieler werden, wenn ich weiter jeden Mittwoch trainiere.

Eines Tages, im Umkleideraum, erzählte Ottos Vater meinem Trainer eine gute Geschichte. Und als ich nach Hause kam, habe ich sie meinem Vater erzählt, weil er einmal in der zweiten Herrenmannschaft Fußball gespielt hat.

Sie handelt von zwei Profifußballern, die ihr ganzes Leben lang Fußball gespielt haben. Sie haben niemals an etwas anderes gedacht als immer nur an Fußball, Fußball, Fußball. Eines Tages waren sie in der Umkleidekabine und tranken einen Gesundheits- und Fitneßdrink, als einer von beiden sagte:

»Weißt du was, Anton?« sagte er. »Ich überlege

mir gerade, was passiert, wenn wir tot sind. Weißt du, ob die oben im Himmel Fußball spielen? Und wenn ja, müssen wir weiter im Training bleiben?«

»Das ist schwer zu sagen«, sagte Anton. »Wir werden es nicht erfahren, bevor wir dahin kommen. Aber laß uns einen Deal machen. Der erste von uns beiden, der den Löffel abgibt und in den Himmel kommt, wird versuchen, Kontakt mit dem anderen aufzunehmen, sagen wir zum Beispiel durch einen Traum.«

Die Jahre zogen ins Land, und die Fußballer wurden alt. Eines Tages starb Anton. Er kam in den Himmel, und eines nachts träumte Karl-Aage, daß er mit Anton sprach.

»Na«, sagte Karl-Aage, »wie ist es so da oben?«

»Wir haben hier oben ein paar richtig gute Altherren-Fußballmannschaften«, sagte Anton. »Und ich habe eine richtig gute Nachricht für dich. Unser Herr hat dich für Samstag in meiner Mannschaft als Torwart aufgestellt.«

 **HÖRT MIT DEM GESCHREI AUF!**

Oma ist der beste Babysitter, den man sich nur wünschen kann, denn sie bringt uns immer Bonbons mit, und wir müssen nie auf sie hören, wenn sie das erste Mal sagt: »Ist es nicht Zeit, daß Michael und du ins

»Ich habe die Haare von Mama, Papas Nase und die Augen meiner
großen Schwester! Und was habe ich, das wirklich mir gehört?«

Bett geht?« Weil wir früh aufstehen müssen, um zur Schule zu gehen.

Aber gestern, als sie zum Babysitten kam, und wir zusammen Ludo spielten, schob Michael seinen Stein ein paarmal weiter, als er durfte. Also sagte Oma: »Michael, du sollst nicht pfuschen!«

Michael mag es nicht, wenn man ihn auf so etwas hinweist. Also wurde er sauer und wollte nicht mehr mitspielen. Meine Oma verlor die Geduld und schimpfte mit ihm.

Also fing Michael an zu brüllen. Er vergrub sein Gesicht unter dem Sofakissen und brüllte einfach.

Dann sagte meine Oma: »Oh, ich hätte fast vergessen, daß ich für alle Schokoladenkekse mitgebracht habe.«

Sie wollte Michael trösten und nahm das Kissen weg. Aber Michael bohrte seinen Kopf noch tiefer ins Sofa.

»Laß mich allein, Oma!« schrie er. »Ich bin noch nicht fertig mit dem Weinen!«

GOTT SCHUF
DEN APFEL ...

In Religion hat Fräulein Blumenberg heute gefragt, ob wir irgend etwas nennen können, was Gott geschaffen hat.

»Weißt du was, Rudolf?« fragte sie.

»Ich?« sagte Rudolf und sah von seinem Religionsbuch auf, in dem er sich gerade Adam und Eva und den Baum der Weisheit mit all den Äpfeln angeguckt hat, die alle so rot und saftig aussehen.

»Ja, er schuf die Äpfel.«

»Das ist richtig, aber kannst du nicht etwas sagen, das wichtiger und größer ist als Äpfel?«

»Viel größer?« fragte Rudolf. Dann fiel ihm plötzlich etwas ein:

»Na klar ... die Wassermelone!«

DER SEHR GROSSE, AUSGESTOPFTE LÖWE

Heute sind wir mit der ganzen Klasse in das Zoologische Museum gegangen. Da gibt es eine ganze Menge zu lernen. Die haben da alle möglichen ausgestopften Tiere und Vögel, auch Papageien. Da war auch ein sehr großer, ausgestopfter Löwe, mit einem weit aufgerissenen Maul, so daß man alle seine Zähne sehen konnte. Und rechts neben ihm stand ein Aufseher, der eine Menge Spaß machte. Er fragte, ob einer von uns den Kopf in das Löwenmaul stecken wollte.

»Nein, danke!« riefen alle Mädchen. Aber fast alle Jungen wollten es. Und sie taten es, aber natürlich passierte nichts.

Dann fragten die Aufseher, wo der Löwe herkommt.

»Unten aus Afrika«, sagte er. »Aus einem Land,

»Wir haben nur ein bißchen mit Wasser rumgespritzt,
deshalb habe ich meine Sachen zum Trocknen aufgehängt!«

das Kenia heißt. Ich habe ihn selbst geschossen, als mein Bruder und ich auf Safari waren.«

»Wow, ist das wirklich wahr?« fragten wir.

»Ja, das ist wirklich wahr. Und es erfordert viel Mut. Ich habe seinen Schwanz gehalten, während mein Bruder versuchte, ihn zu erschießen.«

Wir lachten darüber, weil wir wußten, daß er Spaß macht. Aber dann fragte Dorothy, womit er ausgestopft ist.

»Womit er ausgestopft ist? Na, mit meinem Bruder natürlich!«

 **BEWEG DICH, MANN!**

Axel hat heute in Gymnastik alles falsch gemacht. Er war immer letzter, ob am Boden oder auf dem Balken. Und schließlich wurde Herr Müller richtig wütend:

»Was ist los mit dir?« fragte er. »Komm schon, beweg deinen Hintern! Gibt es denn nichts, was du schnell kannst?«

»Doch«, murmelte Axel, »ich werde schnell müde!«

SINGULAR
UND PLURAL

Otto hatte eine wirklich schwere Zeit, den ganzen Kram über Singular und Plural zu lernen. Er warf immer alles durcheinander.

»Zuerst mußt du dir klarmachen«, sagte Fräulein Blumenberg, »daß eine Sache nicht gleichzeitig Singular und Plural sein kann.«

»Das stimmt nicht«, sagte Otto, nachdem er ein bißchen darüber nachgedacht hat. »Die langen Unterhosen von meinem Vater sind ein gutes Beispiel. Sie sind oben Singular und unten Plural!«

SELBSTGEMACHTER
SCHICHTKUCHEN
MIT SCHLAGSAHNE

Meine Mama macht den besten Schichtkuchen, den es gibt, und rundet ihn mit Schlagsahne ab. Das ist köstlich! Sie hat gestern einen als Nachmittagssnack gemacht.

»Kann ich das erste Stück haben, Mama?« habe ich schnell gefragt. »Und mach bitte ein großes daraus.«

»Nein, ich spiele nicht Soldat hinter der feindlichen Grenzlinie.
Das ist eine ganz normale Schönheitsmaske!«

»Ich habe gerade ein Bad genommen. Was hältst du davon, wenn ich mich im Trockner schleudern lasse, anstatt ein Handtuch zu benutzen?«

»Wo sind deine guten Manieren geblieben? Dafür bekommst du jetzt das letzte Stück!« sagte Mama.

Dann kam Bobby herein und legte seinen Kopf auf den Tisch, obwohl er weiß, daß er am Tisch nicht betteln soll. Eigentlich soll er auch gar nicht im Raum sein, wenn wir essen.

»RAUS«, rief Mama. »Du sollst doch am Tisch nicht betteln!«

Also schlich Bobby aus dem Raum.

Dann sagte Anja plötzlich: »Der Kuchen steht mir am nächsten, also könnte ich auch das erste Stück bekommen, richtig, Mami?«

Bevor Mama antworten konnte, meldete Michael seinen Anspruch auf das erste Stück an.

»Mama«, sagte er. »Hast du gemerkt, daß ich kein einziges Wort gesagt habe?«

 # DAS PROBLEM IN DEN SCHULEN HEUTE

Es muß das eine oder andere an unserer Schule geben, mit dem mein Vater nicht einverstanden ist, denn er ist heute zusammen mit Mama zur Elternversammlung gegangen. Ich weiß wirklich nicht, was es ist, aber das macht nichts. Doch heute hat er gesagt, es müsse darüber an die Zeitung schreiben. Er zuckte mit den Achseln – gut, es würde sowieso nichts helfen. Dann sagte er:

»Das Problem an den Schulen heute ist, daß die Lehrer Angst vor dem Direktor haben. Und der Direktor hat Angst vor dem Bürgermeister. Und der Bürgermeister hat Angst vor den Wählern. Und die Eltern haben Angst, zu sagen, was sie denken. Die einzigen, die vor nichts Angst haben, sind die Schüler.«

OMA
IM BADEANZUG

Oma und Opa sind gekommen, um mit uns ein paar Tage im Sommerhaus zu verbringen. Das Wasser war warm und wunderbar, also wollten Michael und ich, daß Oma mit uns schwimmen geht. Dann hätten wir zu der zweiten Sandbank rausschwimmen und einen Wasserkampf veranstalten können. Dabei wollten wir sie untertauchen. Nur aus Spaß natürlich!

Aber Oma wollte nicht schwimmen gehen. Wir haben sie zwar so weit gekriegt, daß sie mit uns an den Strand geht, aber keinen Schritt weiter. Besonders, als sie gesehen hat, daß da so viele Leute am Strand waren.

»Nein«, sagte sie. »Ich kann heute nicht mit euch schwimmen gehen, weil ich in meinem Badeanzug ziemlich fett aussehe.«

Michael sah sie sich an und wollte sie ein bißchen trösten, aber er machte alles noch schlimmer.

»Die Goldfische?
Denen gefällt es oben in der Badewanne richtig gut!«

»Bitte, tu die Seife nicht ins Badewasser, Mami ...
Sie wird alle meine Goldfische umbringen!«

»Das macht nichts, Oma«, sagte er. »Du siehst in deinem Kleid genauso fett aus!«

SIE NENNT ES MIGRÄNE ...

Fräulein Blumenberg hat manchmal etwas, das sie Migräne nennt. Und es ist dasselbe, was andere Leute auch haben, nur die nennen es Kopfschmerzen. Sie sagt, sie bekommt das von den Jungen aus der achten Klasse, weil die so viel Krach machen. Heute sagte sie, daß sie die Lärmgrenze überschritten haben. Also wurde von uns erwartet, daß wir ganz leise waren, so leise wie Mäuse, in den letzten zehn Minuten der Stunde. Wenn wir das wären, sagte sie, würde sie uns morgen Negerküsse mitbringen. Aber wir müßten wirklich *absolut* leise sein. Kein Flüstern, kein Pfeifen, kein Fußgetrampel, kein Fallenlassen von irgendwelchen Gegenständen auf den Boden oder sonst irgendwas. Sie wollte keinen Pieps hören.

Dann hat David aufgezeigt.

»Dürfen wir schlucken, Frau Lehrerin?«

 # ANATOMIE

Anjas Freundin Pauline aus der achten Klasse weiß wirklich viel. Sie hat gerade einen Aufsatz über Anatomie geschrieben, und ich durfte ihn abschreiben:

»Man kann die Anatomie eines Menschen an beiden Enden anfangen. Entweder bei den Füßen, wo man mit den großen Zehen beginnt, weil ja da eine Person anfängt. Oder man kann die Anatomie eines Menschen am Kopf anfangen.

Ich werde mit dem Kopf anfangen, weil der Kopf für den Rest des Körpers denkt. Die Nase ist das Ding, was am Kopf am weitesten vorsteht. Alle Menschen haben eine Nase und zwei Augen in ihren Gesichtern, außer dem Chamäleon, das hat Augen im Nacken. Die Nase ist innen hohl, und innen sind auch die Nasenlöcher. Man braucht sie nur, wenn man Schnupfen hat. Weil man dann dadurch nicht atmen kann. Wenn Menschen Wale wären, die ja auch als Säugetiere geboren werden, dann könnten sie riesige Wasserquellen aus ihren Nasen blasen. Aber Menschen können unter Wasser schwimmen, so lange, wie sie sich die Nase zuhalten können. Und sie dürfen nicht vergessen, wieder Luft zu holen, wenn sie wieder auftauchen. Ich glaube nicht, daß ich heute mehr über die menschliche Anatomie schreiben werde, denn ich habe so eine fürchterliche

»Hey, Frau Jensen. Kann Konrad zum Spielen rauskommen
und einen Faustschlag auf die Nase kriegen?«

Erkältung, daß ich unter Wasser schwimmen könnte, ohne mir die Nase zuzuhalten. Sie tropft unaufhörlich auf meinen Aufsatz, und ich hoffe, daß keine Ansteckungsgefahr davon ausgeht. Das Ende. Pauline.«

 I A, I A, I A ...

Wir haben heute Geschichten erzählt, weil Fräulein Blumenberg die Englischstunde heute ein bißchen früher beendet hatte und wir nicht mehr genug Zeit hatten, etwas Neues anzufangen. Irmgard hatte eine gute auf Lager:

Eine Schafherde graste draußen auf der Weide.

Määäh! sagte das erste.

Määäh! sagte das zweite.

Määäh! sagte das dritte.

I A, I A, I A! sagte das vierte. Genau wie ein kleiner Esel.

Die anderen Schafe sahen auf und wollten wissen, was der Blödsinn zu bedeuten hatte.

Ja, sagte das Schaf und guckte so stolz wie ein Pfau, ich habe angefangen, Spanischunterricht zu nehmen.

EIN WUNDERBARER
SPAZIERGANG IM REGEN

Wir waren alle in unserem Sommerhaus, und das Wetter war schrecklich. Es war frostig, regnerisch und windig. Alles sah draußen grau und naß aus. Also habe ich eine ganze Zeit lang drinnen gespielt. Aber dann hatte Papa entschieden, daß ich und Michael einen Spaziergang im Wald mit ihm machen sollten. Er sagte, es sei wunderbar, bei Regen im Wald spazierenzugehen. Natürlich nur, wenn man vernünftig angezogen ist, in Regenjacke und Gummistiefeln.

Mama sagte immer, daß es kein schlechtes Wetter gibt. »Das Wetter ist nicht falsch, man ist höchstens falsch angezogen!« sagte sie und winkte uns zum Abschied von der Küchentür aus.

»Ist es nicht wundervoll!« sagte mein Vater, als er den Waldweg entlangstiefelte, mit Michael und mir im Schlepptau.

Offen gestanden, habe ich das nicht so empfunden. Ich war eingeschnappt und wütend, weil ich nicht im Regen spazierengehen wollte. Mit oder ohne richtige Klamotten.

Nachdem wir eine ganze Weile auf matschigen Wegen herumgepatscht waren, rief ich meinem Vater zu, der ein ganzes Stück vor uns lief. »Papa, sag uns noch einmal, wie wundervoll das hier alles ist! Ich vergesse es sonst!«

»Es gibt kein Gesetz gegen Klatschen!«

EINE NACHRICHT
FÜR DIE LEHRER

Fräulein Blumenberg hat mich heute ins Lehrerzimmer geschickt, um ihre Brille zu holen. Die hatte sie vergessen. Und ohne die konnte sie nichts machen, auch wenn es der letzte Schultag vor den Ferien war. Zufällig habe ich eine Nachricht am Schwarzen Brett gesehen. Sie war in großen Buchstaben geschrieben. Da stand:

»Wenn heute die Schulglocke zum Schulschluß läutet, dann sind Sommerferien bis zum 10. August, um 8.00 Uhr morgens, und alle Lehrer dürfen die Schule verlassen. Bitte rennen Sie die Schüler nicht über den Haufen.«

EIN NEUER
KLEINER BRUDER?

Michael und ich waren drüben, um das neue Baby von Frau Jensen anzusehen. Während wir aßen, dachte Michael daran.

»Mami«, sagte er. »Meinst du nicht, wir sollten auch bald einen kleinen Bruder haben? Wäre das nicht lustig?«

Mama schüttelte den Kopf. »Du machst Witze!« sagte sie. »Es wäre viel zu teuer. Heutzutage. Du und Jakob und Anja, ihr kostet eine Menge Geld. Also nein, das können wir uns nicht leisten.«

Aber Michael gab nicht so schnell auf. Also fragte er: »Wieviel kostet denn ein neues Baby eigentlich?«

Mama konnte das nicht so genau in Kronen und Öre ausdrücken. »Es gibt soviel zu kaufen. Wir brauchen eine Babytrage, eine Wiege, Babysachen und viel, viel mehr. Es würde schon am Anfang tausend Kronen kosten.«

Aber Michael war nicht beeindruckt. »So schlecht ist das doch nicht, Mami. Wenn man bedenkt ... wie lange Kinder halten!«

 ## EINE ENTSCHULDIGUNG VON KONRADS MAMI

Konrad hatte eine Entschuldigung von zu Hause, weil er gestern nicht in der Schule war. Aber Fräulein Blumenberg guckte nicht sehr zufrieden, als sie diese gelesen hat.

»Sie sieht nicht aus wie die Entschuldigungen, die deine Mutter sonst schreibt«, sagte sie. »Bist du sicher, daß sie diejenige war, die sie geschrieben hat?«

Konrad nickte nur ein bißchen.

»Ja«, sagte er sehr leise.

»Ich gehe jetzt ins Bett, aber ich werde nicht schlafen können. Ich habe meinen ganzen Schlaf schon beim Mittagsschläfchen verbraten!«

»Weißt du, wie man den Unterschied zwischen Jungen und Mädchen erkennen kann? Mädchen knöpfen ihre Mäntel falsch herum zu!«

»Es sieht nicht nach der Handschrift deiner Mutter aus«, sagte Fräulein Blumenberg und schaute sich die Entschuldigung noch einmal an.

»Ja, aber«, sagte Konrad, »es liegt nur daran, daß ich es nicht gewohnt bin, mit einem Kugelschreiber zu schreiben.«

EIN SEHR,
SEHR LANGER HUND

In der Schule sollte Herr Lind uns heute etwas über den Telegrafen beibringen.

»Weiß einer von euch, wie ein Telegraf arbeitet?« fragte er.

Wir saßen da und überlegten lange. Dann versuchte Barbara es so zu erklären, daß Herr Lind es verstehen würde.

»Also, der Telegraf«, sagte sie, »ist wie ein langer, langer Hund. Wenn man ihm in der Sahara auf den Schwanz tritt, dann bellt er weit weg in Lappland. So funktioniert ein Telegraf.«

Wir konnten deutlich sehen, daß Herr Lind sehr beeindruckt war. Aber es dauerte eine Weile, bis er sich wieder gefangen hatte.

»Nicht schlecht, Barbara«, sagte er. »Aber kann mir einer von euch erklären, wie der drahtlose Telegraf funktioniert?«

Ich zeigte schnell auf.

»Der drahtlose Telegraf funktioniert ganz genauso«, sagte ich, »nur ohne den Hund.«

AXEL SCHWIMMT
NOCH NICHT GUT GENUG

Frau Schumann, unsere Musiklehrerin, hat uns auch im Schwimmen. Heute hat Axel sie gefragt, wann wir in das große Becken dürfen, wo wir nicht mehr stehen können.

»Ihr schwimmt dafür noch nicht gut genug«, sagte Frau Schumann. »Es ist viel zu gefährlich, und wir wollen doch keine Unfälle, oder?«

»Vielleicht nicht«, sagte Axel, »aber was ist denn mit einem Schreiben von zu Hause, in dem steht, daß es schon in Ordnung ist, wenn wir ertrinken?«

»Ich dachte, die Hühner kommen aus den Eiern, Papi! Im Fernsehen
habe ich gerade gesehen, daß ein Ei aus einem Huhn kam.«

HÖR AUF ZU WEINEN, KLEINES!

Michael hat erzählt, daß sie ein süßes kleines Mädchen neu in die Klasse bekommen haben. Sie saß da und weinte die ganze erste Stunde, und nach der Pause hat sie wieder angefangen zu weinen, weil sie ihre Mutter vermißt hat.

»Hör auf zu weinen und wisch dir die Augen trocken«, sagte der Lehrer. »Wir haben jetzt nur noch eine Stunde, und dann ist Schluß, dann kannst du zu deiner Mami nach Hause gehen.«

»Wirklich?« fragte das kleine Mädchen. »Meine Mami hat gesagt, ich müßte ganze acht Jahre in der Schule bleiben.«

HYPERAKTIVER MICHAEL

Gestern, kurz nachdem wir ins Bett gegangen sind und Michael eingeschlafen war, habe ich gehört, wie Mama und Papa in ihrem Schlafzimmer über ihn gesprochen haben.

»Ich weiß nicht, was wir machen sollen«, sagte Mama, und dabei hörte sie sich müde und unglücklich an. »Alle unsere Nachbarn beschweren sich darüber, wie wild unser Michael ist. Und nach allem, was sie sagen, sieht es wirklich so aus, als würde er hyperaktiv werden. Was, denkst du, sollen wir dagegen tun?«

»Gut«, sagte Papa, »seit er zur Schule geht, versucht er die kleineren Kinder auf der Straße ein bißchen rumzukommandieren. Aber ich denke, das ist nur eine Phase, die er durchmacht. Was sollen wir schon machen, bis die vorübergeht? Wir könnten ihm das Fahrrad kaufen, das er sich schon so lange wünscht.«

»Glaubst du wirklich, daß er sich dann besser benehmen würde?«

»Das vielleicht nicht gerade… aber ein Fahrrad würde das Problem auf eine weitere Fläche ausdehnen.«

 ## UNSER PAPA IST WIRKLICH GESCHICKT

Anja mußte gestern einen Aufsatz schreiben, bei dem sie sich das Thema frei aussuchen konnte. Sie hat über unseren Papa geschrieben, und ich durfte ihn lesen. Es war ein guter Aufsatz über meinen Papa, denn sie hat geschrieben:

»Mein Papa ist wirklich geschickt. Er kann fast

»Natürlich finde ich die Geschichte gut, aber einen Mitternachtskrimi,
der für Kinder angeblich nicht geeignet ist, finde ich besser!«

alles. Er kann Fahrrad fahren, und er kann auf der Lenkstange sitzen, während er fährt. Er kann sich mit einem Arm an unserem großen Birnbaum aufhängen. Er kann fünf Minuten lang unter Wasser schwimmen. Er rennt schneller als jeder andere. Er kann die Fahnenstange hochklettern, wenn der Stoff sich verheddert hat. Und er kann Wasserski laufen, ohne umzufallen. Mein Papa kann alles regeln, was Sie sich vorstellen können. Aber an Wochentagen trägt er nur den Müll raus. Anja.«

DER TINTENFISCH

Wir haben uns alle einen Film über Christoph Columbus angesehen. Als er zu Ende war, hat Papa den Fernseher ausgeschaltet, und wir saßen da und haben nichts gemacht. Aber dann fiel mir ein gutes Rätsel ein.

»Papa«, sagte ich, »weißt du, was der Seemann gesagt hat, als er vom Aussichtsturm herunterkam und unter Deck zu Columbus' Kabine ging, um ihn zu wecken?«

»Der Seemann – nein, was hat er denn gesagt?«

»Steh auf und sieh das Land!«

Michael sprang praktisch von seinem Sessel auf. Er hatte in der Schule ein gutes Rätsel gehört.

»Papa, weißt du, was die zwei kleinen Eskimos

gesagt haben, als sie sich am Nordpol gegenseitig begrüßt haben?«

Papa dachte ein bißchen nach, aber dann mußte er aufgeben.

»Okay, was haben sie gesagt?«

»Wie kalt deine Hand ist!«

Normalerweise macht Anja nie mit, wenn wir Rätsel raten. Sie sagt, sie sind albern. Und wenn sie keine raten kann, dann sagt sie, daß sie doof sind. Aber diesmal wußte sie eins.

»Wißt ihr, was Philia Foggs Frau sagte, als er von seiner Weltreise zurückkam?«

Keiner von uns wußte die Antwort.

»Sie sagte: Warum hat das so lange gedauert?«

Papa ist aufgestanden und in die Küche gegangen, um sich ein Bier zu holen. Auf dem Weg nach draußen ist er im Türrahmen stehengeblieben, hat sich umgedreht und gesagt: »Ach, übrigens, wißt ihr, was der Tintenfisch gesagt hat, als er auf dem Meeresgrund über einen großen Stein gestolpert ist?«

Wir haben alle darüber nachgedacht, aber wir mußten passen.

»Er sagte: ›Au, mein Arm, Arm, Arm, Arm, Arm, Arm, Arm, Arm!‹«

»Jakob, bist du im Bett?«

*»Haben sie zufällig ein paar Jungen gesehen,
die Cowboy und Indianer spielen?«*

ICH KANN SPAGHETTI NICHT AUSSTEHEN

Wenn wir essen, darf ich normalerweise nicht viele Fragen stellen. Aber manchmal ist es ziemlich schwierig, nichts zu fragen, wenn es so viel gibt, was ich wissen will. Heute, als wir zu Abend gegessen haben, habe ich nicht allzu oft Fragen gestellt. Nur dreimal. Okay, viermal, wenn man die letzte Frage mitzählt. Zuerst habe ich gefragt, wie es kommt, daß Konrads Mutter und Vater immer darauf bestehen, daß Konrad vor dem Essen ein Tischgebet spricht. Und meine Mutter sagte, daß das dazu dient, unserem Herrn für das gute Essen zu danken.

»Aber, Mami«, sagte ich, »er muß aber auch dann ein Tischgebet sprechen, wenn es Frikadellen mit Selleriesoße gibt, das Essen, das er am meisten haßt.«

Das zweite Mal habe ich gefragt, ob es ein Land gibt, in dem die Kinder nur Rosinen und Schokoladensandwiches essen müssen.

»Nein«, sagte mein Vater, »aber ich kenne ein Land, wo die Kinder Sardinensandwiches, die du ja nicht ausstehen kannst, essen müssen, wenn sie am Tisch zu viel reden. Und wir werden da schnell hinziehen, wenn du jetzt nicht aufhörst und endlich deine Spaghetti ißt.«

Also habe ich ein paar von den Spaghetti gegessen und gefragt, ob Spaghetti Regenwürmer sind, die zu wenig Sonne abbekommen haben. Aber sie haben mir nicht geantwortet. Da habe ich nur noch eine Frage gestellt:

»Mami«, fragte ich, »wieviel muß ich gegessen haben, bevor ich sagen kann, daß ich satt bin?«

EIN NEUES MÄDCHEN IN MICHAELS KLASSE

In Religion haben wir heute über die Dinge gesprochen, die Gott erschaffen hat: den Himmel, die Erde, die Meere, die Blumen und Pflanzen und alles. Ich kann mich nicht genau dran erinnern, ob wir auch Pflanzen erwähnt haben, aber das ist auch egal.

»Hat Gott auch uns alle, die wir hier in der Klasse sitzen, erschaffen?« fragte Irene.

»Natürlich«, sagte Fräulein Blumenberg. »Er hat jeden erschaffen, alle Personen auf der ganzen Welt.«

»Sogar Rudolf?« fragte Otto.

»Das ist eine gute Frage«, sagte Fräulein Blumenberg, und wir haben alle gelacht.

»Rudolf auch.«

»Hat Gott Irmgard auch erschaffen?« fragte Axel. Und als Fräulein Blumenberg nickte, sagte Axel etwas, das Irmgard ganz rot anlaufen ließ.

»Dann ist er darin aber verdammt gut geworden, stimmt's?«

»Kannst du dich erinnern, als Konrad von nebenan unser Eßzimmer-
fenster eingeschlagen hat? Also, jetzt sind wir quitt!«

AMEISEN
UND SCHNECKEN

Die kleine Thea von unseren Nachbarn ist kaum vier Jahre alt und weiß noch nicht viel über Tiere und die Welt und solche Dinge. Gestern haben wir alle eine kleine Wanderung im Wald gemacht. Als wir uns auf einem schmalen Pfad ein bißchen ausgeruht haben, hat sie sich auf etwas gesetzt, das wir ›Piss-Ameisen‹ nennen, die haben auf sie gepinkelt, und davon brannte es ihr auf der Haut. Also wollte sie nicht länger Pause machen, und wir gingen alle weiter.

Dann habe ich eine große Schnecke mit einem wunderschönen Haus auf dem Rücken gesehen. Ich wollte sie der kleinen Thea zeigen, aber die hatte Angst davor.

»Oh, nein«, sagte sie, »ich möchte das nicht von nahem sehen, und ich möchte es auch nicht anfassen! Es könnte mich anpinkeln!«

Aber dann hat mein Papa sie beruhigt und ihr erzählt, daß sie keine Angst haben müsse. Es würde nichts passieren, wenn sie nah drangehen würde.

»Ich glaube, du hast recht«, sagte sie ruhig, »wahrscheinlich hat es eine Toilette in seinem Häuschen!«

DU HEILIGER STROHSACK ... MANN, EIN SKELETT!

Rudolf und ich sind heute zu einem Lagerraum geschickt worden, der neben dem Raum ist, wo wir Naturkunde haben. Wir sollten eine ausgestopfte Eule oder so was holen. Ich wußte, daß das Skelett von einer richtigen Person in dem Raum steht. Aber Rudolf hat das noch nie gesehen. Was für einen Schrecken der gekriegt hat, als er es entdeckt hat.

»Heiliger Strohsack, Mann«, sagte er, »das doofe Tierskelett dahinten hat mich doch jetzt tatsächlich ganz schön umgehauen.«

»Das ist kein Tierskelett!« sagte ich, »das sind die Knochen von einer toten Person!«

»Echt, ist das wahr?« sagte er. »Bedeutet das, daß nur das Fleisch in den Himmel kommt?«

*»Schon wieder waschen?
Aber ich habe mich doch vor dem Mittagessen schon gewaschen.«*

»Hast du meine kleine süße Raupe gesehen, Papi?«

 # RECHTS UND LINKS

Ich glaube nicht, daß Michael jemals den Unterschied zwischen rechts und links lernen wird. Mama und Papa sagen, er ist ein bißchen linkshändig, sie glauben aber nicht, daß er linkshändig geboren wurde, also wird das in ein paar Jahren okay sein.

Gestern kam er in die Küche gerannt, um Mama zu finden. Er hatte ein Stück Holz gesägt, für die Seifenkiste, die er gerade baut, und irgendwie hat er es geschafft, sich in einen seiner Finger zu schneiden.

Während Mama einen Verband drumgetan hat, jammerte er und sagte dann schniefend: »Das war ein doppelter Unfall, Mama. Weil das die Hand ist, die ich immer nehme, wenn ich Leuten die Hand gebe.«

Mama schüttelte den Kopf. »Eigentlich nicht«, sagte sie, »das ist deine linke Hand.«

»Ach, diese... Gut, das ist die, mit der ich immer zum Abschied winke.«

WAS ICH
WERDEN WILL

Anjas Klasse hat angefangen, Aufsätze zu schreiben.
Heute hat sie einen geschrieben, in dem sie schreiben
sollte ›Was ich werden will‹.

»Also, was willst du denn werden?« fragte Mama,
als Anja uns davon erzählt hat, während wir nach
der Schule Kakao tranken.

»Ich habe geschrieben, daß ich Krankenschwester
werden will.«

»Aber du hast uns nie etwas davon erzählt«, sagte
Mama. »Ist es wirklich das, was du werden willst?«

»Eigentlich nicht«, sagte Anja. »Aber mir fiel nicht
mehr ein, wie man Primaballerina schreibt, und ich
habe mich nicht getraut, zu schreiben, daß ich Miß
Universum werden will.«

»Hey, Mami! Hey, Papi! Ihr guckt so ernst.
Habt ihr euch gestritten?«

DAS IST WIRKLICH STARK, FRÄULEIN BLUMENBERG

Fräulein Blumenberg hatte heute Kopfschmerzen, weil sie sich insgesamt nicht sehr wohl fühlte, da alle Lehrer gestern auf einer Party waren, und sie konnte keinen Krach oder Unsinn in der Klasse ertragen. Und so war es wirklich unglücklich, daß Konrad es fertiggebracht hat, sein Buch dreimal mit einem richtigen BANG auf den Boden werfen. Jedesmal ist Fräulein Blumenberg fast aus ihrem Stuhl gesprungen, hat ihren Kopf in die Hände gestützt und wirklich fürchterlich und wütend ausgesehen, als Konrad auf dem Boden rumgekrochen ist, um sein Buch wieder aufzuheben.

»Wenn das noch ein einziges Mal passiert«, sagte sie, »dann wirst du schon sehen, was mit dir passiert.«

Konrad versuchte, vorsichtig zu sein, aber trotzdem ist es noch einmal passiert, und da ist Fräulein Blumenberg aus ihrem Stuhl hochgeschossen und zu Konrad rübergestürmt und hat ihn vom Stuhl gerissen. Sie hat ihn an einer Seite seines Kopfes fest bei den Haaren gepackt, und dann hat sie ihm mit dem Lineal einen ordentlichen Klaps auf die Finger gegeben.

»Und jetzt, Konrad«, sagte sie, wirklich wütend, »erzähl der ganzen Klasse laut und deutlich, warum ich das getan habe!«

»Das ist wirklich stark«, murmelte Konrad, so daß es kaum einer von uns hören konnte. »Zuerst haben Sie mich dreimal angebrüllt, und dann haben Sie mich geschlagen, und jetzt wissen Sie nicht einmal mehr, wieso Sie das getan haben!«

REISS DICH ZUSAMMEN, ANJA!

Anja war verärgert, als sie heute aus der Schule kam. Also fragte meine Mutter sie, was los sei. Und sie sagte, daß sie drei Fehler in ihren Matheaufgaben gehabt hätte. Und einige der anderen Aufgaben waren auch falsch. Meine Mutter sagte:

»Hör zu, du solltest dich ein bißchen mehr zusammenreißen. Sonst befürchte ich, daß du zu den schlechteren dreißig Prozent gehörst, wenn du deine Zeugnisnoten kriegst.«

»Wie dumm, so etwas zu sagen, Mama«, sagte Anja. Sie war wirklich sauer. »Wir können niemals dreißig Prozent sein, die schlechte Noten bekommen … wir sind ja nur zwanzig in unserer Klasse.«

»Volle Kraft voraus! Ein feindliches U-Boot in Sicht!«

»Wenn eine aufgeregte Mutter nach einem kleinen Jungen wie mir fragt,
sagen Sie ihr bitte, ich bin in der Spielwarenabteilung!«

GROSSMUTTER UND
DER EIFFELTURM

Michael und ich und Oma haben einen Film darüber gesehen, wie der Eiffelturm gebaut wurde. Es war wirklich spannend, und wir haben eine Menge gelernt. Der Mann, der ihn gebaut hat, hat unten angefangen und so lange weitergebaut, bis es der auf der ganzen Welt berühmte Eiffelturm war.

Der Mann im Fernsehen sagte auch, daß einige Leute mit Fallschirmen vom Eiffelturm gesprungen sind, und andere, die nicht mehr leben wollten oder in der Liebe enttäuscht wurden, sprangen von der höchsten Plattform.

»Warst du jemals auf dem Eiffelturm, Oma?« fragte ich.

»Ja, aber das ist schon sehr lange her.«

»Was hättest du gemacht, wenn dich jemand von der höchsten Plattform geschubst hätte?« fragte Michael.

»Da hätte es wohl nicht viel gegeben, was ich hätte tun können, außer zu Gott beten, daß ich im Himmel willkommen bin!«

»Aber, Oma«, sagte Michael kopfschüttelnd, »du wärst doch runtergefallen und nicht rauf.«

DAS
CHAMÄLEON

Heute in Biologie konnte Irmgard nicht verstehen, wie ein Chamäleon seine Farbe ändern kann und sich seiner Umgebung anpaßt.

»Aber, noch nicht einmal Menschen können das«, sagte sie.

»Mein liebes Kind«, sagte Herr Berner und legte seine Hand auf Irmgards Schulter. Und dann wurde seine Stimme richtig dumpf:

»Mein liebes Kind! Nichts ist unmöglich in einer Welt, in der ein stinknormaler, kleiner, kohlfressender Wurm sich abends ins Bett legen kann und morgens als Schmetterling wieder aufwacht!«

PRÄHISTORISCHE
MONSTER

Michael und ich und Oma haben einen wunderschönen Film im Fernsehen gesehen. Er handelte von einigen riesengroßen, wirklich lebendigen, prähistorischen Monstern. Sie waren so groß, die hätten sich ohne Probleme selber auffressen können. Das heißt,

»Wenn ich ein großes Eis gehabt hätte, dann würde es mir
genauso gut gehen wie dir, Mami!«

wenn die anderen nicht ganz so groß gewesen wären. Sie trampelten sich ihren Weg durch den Wald, wobei sie Bäume und alles, was ihnen sonst noch im Weg stand, niedertrampelten. Und manche von ihnen brüllten lauter als jeder Löwe, und bei einigen kam Dampf aus der Nase.

Es war ganz gut, daß Oma bei uns war, denn Michael und ich haben es ein bißchen mit der Angst gekriegt. Nicht viel. Nur ein bißchen, und so schauten wir uns den Film auch bis zu Ende an.

Dann hat Oma uns erzählt, daß die prähistorischen Monster Dinosaurier heißen und wir nie so eines sehen würden, weil sie schon lange ausgestorben sind.

»Wie lange denn schon?« fragte Michael. »Lebten sie noch, als du noch ein kleines Mädchen warst, Großmutter?«

 CHANG CHING WANG

Als wir heute nach der Schule in der Küche saßen und unsere Milch tranken, da hat Michael erzählt, daß er, wenn er groß ist, heiraten und vier Kinder haben wird. Drei von ihnen würden nach seinen besten Freunden in seiner Klasse benannt, und der vierte würde Chang Ching Wang heißen, wie der chinesische Besitzer von dem Süßigkeitenladen an der Ecke.

»Warum gerade Chang Ching Wang?« fragte Anja.

»Weil«, antwortete Michael, »unser Lehrer uns erzählt hat, daß jedes vierte Kind, das geboren wird, ein Chinese ist.«

 ## EIN AUFREGENDES BILD VON MAMA

Wenn meine Mutter und mein Vater einen Ausflug machen, dann macht mein Vater immer viele Farbdias und zeigt sie uns dann auf seinem Diaprojektor im Vorführraum in unserem Keller. Als sie einmal zu einem Ort gefahren sind, der Costa del Sol heißt, und Großmutter auf uns und das Haus aufgepaßt hat, da hat er wieder total viele Dias gemacht und sie uns und unseren Freunden eines Tages unten im Vorführraum gezeigt. Alle waren sehr gut, obwohl ich finde, daß auf einigen zu viele Blumen waren. Als wir uns die Dias ansahen, haben wir auch die letzten vom Sommerhaus, wo wir in den Ferien leben, zu sehen gekriegt.

Einige waren sehr gut, besonders das, wo ich meine Mutter am Strand naßspritze, wo es eine Menge Wasser gibt, mit dem man rumspritzen kann. Und Muscheln. Und Steine, die man auf dem Wasser hüpfen lassen kann. Und all so was.

Gestern abend, als wir die ganzen Dias von der

»Der Schal war eine gute Idee.
Sonst hätte er gefragt und gefragt …!«

»Das ist ja Betrug, so zu malen ... Du malst das ja nur ab.«

Costa del Sol gesehen haben und die neuen vom Sommerhaus, habe ich etwas vorgeschlagen, und alle fingen an zu klatschen.

»Papa«, sagte ich, »warum zeigst du nicht zum Abschluß die Bilder, die du von Mama ohne Klamotten gemacht hast? Die, die du Mama gestern abend gezeigt hast und dann zu ihr gesagt hast: ›Es mag schon ein paar Jahre her sein, aber du bist immer noch so schön, wie du damals warst!‹«

 ## RUDOLFS SOCKEN

Nach dem Sportunterricht haben wir uns geduscht und dann angezogen. Da hat Herr Müller sich Rudolfs Socken angesehen.

»Das sind aber ein paar Riesenlöcher hier in deinen Socken, mein Junge«, sagte er. »Meinst du nicht, du könntest deine Mutter dazu kriegen, sie zu stopfen?«

»Klar«, sagte Rudolf, »aber mir ist es ziemlich egal, ob da Löcher drin sind!«

»Wirklich?«

»Klar, weil dann ist es völlig egal, von welcher Seite ich sie anziehe!«

MEIN GOLFTURNIER

Ich habe angefangen, Golf zu spielen, auf dem Platz, wo auch meine Mama und mein Papa spielen. Ich bin noch nicht sehr gut. Mein Vater sagt, ich müsse wirklich hart trainieren, wenn ich den kleinen weißen Ball schlagen will, ohne den großen Ball, auf dem wir alle leben, zu zerhacken, und ihn richtig fliegen lassen will. Das hat mein Papa gesagt.

Mein Handicap ist 48, und ich muß mir selber sagen, daß ich auf der Neun-Loch-Bahn, auf der wir Minigolfer spielen, wenn wir ein Minigolfturnier haben, richtig gut bin.

Gestern war der letzte Tag des Turniers, und alle Gewinner haben Preise bekommen. Ich war nicht bei den Gewinnern. Aber glücklicherweise gab es Trostpreise für die Verlierer. Also habe ich eine Baseballkappe gewonnen, mit BALLANTINE draufgedruckt, in Buchstaben, die wie Gold aussahen.

Abends, als Oma und Opa zu Besuch kamen, habe ich sie aufgezogen, um sie ihnen zu zeigen.

»Oh, die ist aber hübsch«, sagte meine Oma, »hast du die gewonnen?«

Ich wußte nicht so genau, was ich ihr antworten sollte. Also sagte ich: »Ich habe sie nicht richtig gewonnen. Man kann vielleicht sagen, ich habe sie irgendwie verloren!«

KONRADS
INTENSIVER WUNSCH

Ich war heute nach der Schule drüben bei Konrad, aber der durfte nicht raus, bevor er nicht seiner Tante geschrieben hatte, um sich für ein Geburtstagsgeschenk zu bedanken.

»Und schreib auch ein bißchen über die Schule«, sagte seine Mutter.

Also, das hat Konrad geschrieben:

»Ich gehe auf eine große Schule. Da sind 500 Schüler. Ich wünschte, es wären nur 499.«

LADY GODIVA

Michael und ich haben uns einen Film im Fernsehen angesehen, als Papa von der Arbeit nach Hause kam. Nachdem er seine Aktentasche abgestellt und seinen Mantel aufgehängt hatte, hat er einen Blick ins Wohnzimmer geworfen.

»Na, seht ihr euch was Gutes an?« fragte er.

»Ja, Papi. Es ist wirklich ein guter Film«, sagte Michael. »Warum kommst du nicht und guckst ein bißchen mit uns?«

Aber Papa wollte nicht. »Erstens habe ich jetzt keine Zeit«, sagte er. »Und zweitens bin ich viel zu müde, nach einem Tag harter Arbeit mit vielen Terminen in der Stadt.«

»Das ist aber eine Schande, Papa«, sagte Michael, »der ist nämlich über eine nackte Frau, die auf einem weißen Hengst reitet, und sie hat nur ihr Haar, um ihren Körper zu bedecken.«

Papa kam rein und setzte sich aufs Sofa.

»Okay«, sagte er. »Rutsch ein Stück, ich gucke mit euch. Ich habe schon seit Ewigkeiten keinen weißen Hengst mehr gesehen.«

Willy Breinholst

Hallo -
lach mal wieder!

Das Leben ist hart genug – aus diesem Grund prä-
sentiert uns der ›Weltmeister des Humors‹ eine
Sammlung von Geschichten, die beweist , dass man
– fast – alles auch von der heiteren Seite sehen kann.
Mit spitzbübischem Lächeln spürt der Fachmann für
Beinahe-Krisensituationen die brenzligen und dabei
oft so komischen Momente im Leben von ›Otto
Normalverbraucher‹ auf – und zeigt, dass auch
Alltagshelden ihre tägliche Portion Abenteuer über-
stehen müssen.

ISBN 3–404–14677–8